LA CHICA
DEL LEÓN
NEGRO

LA CHICA DEL LEÓN NEGRO

ALBA QUINTAS GARCIANDIA

Plataforma
Editorial

Primera edición en esta colección: junio de 2015

© Alba Quintas Garciandia, 2015
© de la presente edición: Plataforma Editorial, 2015

Plataforma Editorial
c/ Muntaner, 269, entlo. 1ª – 08021 Barcelona
Tel.: (+34) 93 494 79 99 – Fax: (+34) 93 419 23 14
www.plataformaeditorial.com
info@plataformaeditorial.com

Depósito legal: B. 11.763-2015
ISBN: 978-84-16429-37-0
IBIC: YF

Printed in Spain – Impreso en España

Diseño de cubierta:
Lola Rodríguez

Fotocomposición:
Grafime

El papel que se ha utilizado para imprimir este libro proviene
de explotaciones forestales controladas, donde se respetan
los valores ecológicos y sociales y el desarrollo sostenible del bosque.

Impresión:
Liberdúplex
Sant Llorenç d'Hortons (Barcelona)

Para Gonzalo,
no habría historia sin él

«Because love by its nature desires a future.»

Sarah Kane

CAPÍTULO I

Gerard se encontraba al límite, tanto física como psicológicamente. Una misteriosa convicción lo mantenía de pie, pero si no llegaba pronto a su destino, acabaría por besar el suelo con las rodillas y, sencillamente, abandonarse a sí mismo en el asfalto.

El camino se había cobrado gran parte de sus fuerzas. Al principio había recorrido las oscuras calles a buen paso, aunque atento siempre a cada sombra, a cada sonido. Al principio estaban casi desiertas. Al principio no se había imaginado la pesadilla en la que había entrado por su propio pie.

Iluso de él.

La primera risa desquiciada había provenido de una mujer, vestida con unos harapos tan sucios que apenas se distinguían del suelo en el que estaba tendida. La risa había seguido, mecánica, sin interrumpirse, unas carcajadas que no tenían en ellas nada de alegría. Gerard había dejado a la mujer allí, consciente de que no podía hacer nada, de que si se detenía, sería mucho peor. No parar, se decía. Si me dejo atrapar, será mucho peor. Y así era, pero, a medida que iba avanzando por aquella zona de la ciudad, intentar que todo lo que aparecía delante de él no lo afectara se le hacía imposible. Había acabado casi arrastrándose, como si sus piernas, que habían dejado de obedecerle, se movieran por puro instinto de supervivencia.

Su mente ya rogaba clemencia ante todo lo que había aparecido ante él.

Gritos. Aullidos. Ojos que no parpadean. Hombres comportándose como animales. Otros seres, que no eran humanos, dando vueltas sobre sí mismos, hablando solos. Llamadas de auxilio. Bocas deformadas. Gritos, gritos, gritos... no podía librarse de los gritos. El silencio era un extraño. Y, a medida que se acercaba a su destino, el poder de ella, su influencia, se hacía más palpable. Y Gerard sentía que también lo afectaba. Empezaba a ver siluetas, a sentir pánico, a escuchar susurros que gritaban más que los dementes que poblaban aquellas calles. Pero su conciencia aún se resistía a abandonarlo, porque sabía que entonces sería el fin.

Un hombre mayor pasó delante de él.

Se arrancaba mechones de cabello entre las manos, mientras reía.

Por suerte, no lo miró a los ojos.

Una voz, una voz de mujer, susurró en la cabeza de Gerard: «¿Por qué no te rindes?». Él sintió un nudo en el estómago, un pánico acuciante. Tuvo que parar un momento, respirar, fingir que no oía nada. Cerró los ojos para no ver la silueta de los aparentemente viejos edificios. Habría deseado que la noche fuera muy oscura para no poder ver nada. Aunque no sabía si era mejor mirar a la perdición a los ojos o sentir su aliento en la espalda.

«¿Por qué estás haciendo esto?», se dijo.

Suspiró aliviado cuando la voz que respondió a aquella pregunta correspondió con la de sus pensamientos.

Por el futuro.

Por su familia.

Porque él era fuerte e iba a aguantarlo. Porque merecería la pena.

«Pero sabes lo que viene después», volvió a decirse. Aunque esta vez la voz sonó un poco menos como la de él y un poco más como la de...

Ella. Suponía que era ella.

Ahora no podía rendirse. Estaba demasiado cerca de su destino. Lo había sabido al decidirse a hacerlo, había sabido que sería más que difícil. Solo una voluntad de hierro podía entrar en aquella zona de la ciudad y buscar lo mismo que todos los que habían pasado por allí sin desfallecer. Y aún hacía falta más fuerza para después del camino. Pero no, no tenía que pensar en eso. Aún no.

Tampoco era como si lo que había realizado hasta ahora no tuviera ningún método. Podía recordar el miedo del primer día. Había salido a dar una vuelta por los terrenos cercanos a la casa de campo de su familia, y se había topado con aquel pozo, de aspecto antiguo, pero todavía con los mecanismos intactos. Vencido por la curiosidad, Gerard se había acercado hasta asomarse para ver si tenía agua. Muy al fondo había visto su reflejo recortado. Y entonces aquella imagen lo había embelesado. Y, por primera vez, había caído.

La primera vez de muchas otras. El primer viaje a Némesis. No el último. No el más importante. El más importante era aquel.

Ya veía adónde había llegado.

Era inconfundible. Dos guardias, vestidos de negro, flanqueaban una puerta no muy diferente a la del resto de los edificios de aquella zona. Excepto por ellos mismos. Habrían parecido humanos de no ser por los ojos, bulbosos, parecidos a los de un sapo o una salamandra, y el tono de piel, gris, acorde con la noche que los rodeaba. A medida que Gerard se acercaba a ellos veía sus extrañas miradas fijas en él. Habría jurado que el gesto que apareció en sus rostros era de burla. Incluso de desprecio. Pero tampoco estaba seguro de cuánto de realidad y cuánto de ilusión, de espejismo, había ahora en el panorama que se le ofrecía.

Pero sabía que seguía en una de las siete zonas afectadas de Némesis. Sabía que estaba allí para hacer un trato con uno de los Delirantes. Sabía que todavía le quedaba esa última alternativa a su arte. Y que tenía miedo. Lo cual, en última instancia, era bueno; significaba que no había perdido del todo la cordura, al menos no del todo.

Recorrió los últimos metros que le quedaban.

—Vengo a verla —anunció, sabiendo que incluso esas parcas palabras eran innecesarias.

Esperaba un chequeo, puede que un interrogatorio o que lo registraran. Pero no hubo nada de eso. Uno de los guardias sonrió, dejando ver unos dientes largos y afilados, y dijo, con voz siseante: «Suerte». El otro le abrió la puerta e hizo un gesto de que pasara. De no haber estado aquellos dos delante, Gerard seguramente habría titubeado algo más, pero el deseo de alejarse de ellos se unió a su propia motivación. Al menos, tener a los guardias a las puertas, en definitiva, cerca de su objetivo, había hecho que la atmósfera demencial de su penosa travesía se alejara de su mente. Tenía fuerzas renovadas, sus pensamientos volvían a ser suyos. Y, por lo tanto, era menos vulnerable a su influencia sobre todo lo que la rodeaba. Todavía se preguntaba si había hecho bien en elegirla a ella de entre todos los Delirantes. Quizás habría sido mejor acudir a uno de los más débiles. Pero no, precisamente iba a ella porque, si lograba aguantar…, los resultados serían increíbles. Y porque en arte o se ponía toda la carne en el asador, o nunca se conseguiría… lo que fuera que el artista quisiera conseguir. Algo que, como le ocurría a Gerard, no siempre estaba claro.

El lugar en el que había entrado no tenía mucho que ver con las oscuras calles que acababa de abandonar. Lo primero que notó Gerard fue el frío, un frío seco que lo hizo abrazarse a sí mismo para intentar mantener el calor. Se encontró en un vestíbulo gigantesco, con forma cuadrada y un pasillo central de columnas que llevaba a una escalinata. Las columnas, en forma de espiral, eran extrañas, y mirándolas fijamente uno habría creído que se movían, como algún tipo de efecto óptico. Todo estaba decorado en blanco y negro, con el mayor de los contrastes, y sin ningún tipo de orden ni criterio.

Pero lo peor, como siempre, eran los ruidos.

No se trataba de gritos o risas, como en las calles. No; esto eran chirridos, golpes, tictacs de relojes que no se veían, ruidos como de maquinaria. Los sonidos se le metían en la mente, llegaban a todos los rincones de su pensamiento intentando desquiciarlo, y tuvo que ser muy fuerte para no hacerles caso y dejarse atrapar por ellos. El pánico volvía a invadirlo por dentro y sentía que estaba al límite del autocontrol. Gerard respiró hondo un par de veces y contó hasta diez para calmarse. Había descubierto que eso lo ayudaba, porque centrar la cabeza en algo tan sencillo como contar apagaba el resto de sus pensamientos. Cuando lo hubo conseguido miró a su alrededor. Tenía que subir por aquella escalinata blanca y negra, lo sabía. Y eso hizo. Subió a trompicones, casi sin fijarse en los escalones, y llegó hasta la puerta.

Era una puerta extraña. Tenía relieves de distintas figuras, humanas, animales, algunas ni lo uno ni lo otro. Todas parecían retratar la realidad (¿acaso lo era?) que él había vivido en las calles de la zona del Delirante. Sus ojos se detuvieron en la figura de una niña que se retorcía anormalmente. Si se fijaba con cuidado, parecía que se movía. Incluso escuchó, con ese oído interno que parecía estar desarrollando para cosas que no eran reales, pero que se sentían como tales, sus alaridos.

Sacudió la cabeza y desvió la mirada.

Hasta el último instante pretendía hacerlo fracasar, pero él no iba a caer.

La puerta se abrió, como activada por un resorte, nada más tocarla. Dejó un hueco entre las dos gigantescas hojas de madera que la formaban lo suficientemente grande como para que pasara un hombre, pero por el cual no podía verse lo que había más allá. Gerard entró a paso apresurado.

Y dentro, a la vez que la puerta se cerraba a su espalda, soltó un suspiro de alivio.

Lo primero que pasó por su cabeza fue un único e indivisible: «Lo he conseguido». Y vaya si lo había hecho. Aunque faltara la parte más difícil. Por alguna razón, siempre había tenido más miedo a la ruta que a su final.

Su final era ella.

En aquella sala no había nada, salvo el sillón en el que se encontraba sentada. Aunque los ruidos allí fueran mucho más intensos. Y las sombras (había sombras de cosas que no se encontraban en la habitación, que ni siquiera tenían una clara luz de referencia) bailaran de un lado a otro y pareciera que tenían voces propias, y su movimiento embelesara y enfureciera por igual a Gerard, como si quisieran dormir a su conciencia, y despertar una parte que su mente había encerrado dentro de él hacía mucho tiempo…

Se obligó a mirarla a ella. Y se encontró con sus ojos, claros, de pupilas pequeñísimas, muy abiertos y que no parpadeaban, fijos en él.

El pelo, casi blanco, le caía a un lado de la cara y le cubría la mitad del rostro. Llevaba una especie de argolla plateada en el cuello, aunque decorada con exquisitas filigranas. Vestía ropas muy poco uniformes, casi como harapos que caían sin ningún tipo de orden por su cuerpo, cubiertos de espirales y otras formas complicadas, que saturaban su vista. Lo peor, sin duda, eran las manos. Acababan en garras de color negro brillante, como si de ónix estuvieran hechas.

O quizás aquello no fuera lo peor. Quizá lo peor era lo que no se podía ver, pero que de alguna forma la rodeaba.

Cualquier descripción que había llegado a los oídos de Gerard acerca de lo que suponía estar en presencia de Locura se quedaba corta.

Y su voz. Su voz era espantosa.

—¿Pintor? —fue la primera palabra que salió de su boca—. ¿Pintor que piensa que cualquier realidad que aparezca en sus cuadros es una intrusa?

Rio. La sensación que daba era la de que mil personas estaban contenidas en su voz, como si mil tonos diferentes fueran los que salieran de aquella boca. Todos los sentimientos, todos los matices posibles, estaban allí. Y la mezcla, el escucharlos a todos a la vez, era más de lo que Gerard creyó poder soportar.

Parecía claro por qué los llamaban Delirantes.

—Dime, artista —le dijo ella, levantándose y dando un par de pasos hasta ponerse a un metro de él. Era alta, mucho más alta que Gerard, y el pintor no pudo dejar de fijarse en su respiración entrecortada. Era como si se estuviera ahogando constantemente—. ¿Pintas monstruos o espejismos?

Él tardó en contestar.

—Pinto... pintaba —se corrigió— pasiones humanas tal como pensaba que se debían plasmar en un lienzo, en unas pinceladas.

—Las pasiones de los humanos nunca se acaban, así que... ¿qué buscas aquí? ¿Qué quieres de mí?

Fue entonces cuando Gerard se quedó en blanco. La voz de la Locura (o las voces) había sonado desafiante. Lo retaba a algo que, ahora lo sabía, no estaba seguro de poder cumplir. La miró a los ojos.

Y vio la inmensidad del Delirio.

Vio algo demasiado grande como para poder abarcarlo un solo humano.

Ella notó sus dudas, el resquebrajamiento de su voluntad. Dio un paso más y extendió un brazo, hasta alcanzar con suavidad la barbilla del pintor. Gerard sintió una de sus garras rozando contra la parte alta de su cuello. Estaba helada.

Obligado a mirarla al rostro, con pocos centímetros de separación entre ambos, sintió como si su alma se empequeñeciera.

—No sé qué haces aquí, pintor —dijo ella—. No aguantarás el trato. Vas a perder la cabeza.

Repitió muchas veces el «vas a perder la cabeza», como si la divirtiera. Gerard buscó el valor para hablar.

—Yo era un pintor valorado en mi mundo. Con éxito, con dinero, con una familia que se permitía algunos lujos por todo lo que ingresaba. Pero desde hace años mi trabajo ha bajado de calidad. Los críticos comenzaron a masacrarme, mis ventas bajaron, ya ninguna galería quiere exponer mis cuadros. Cuando acabé en Némesis y vi de lo que erais capaces los Delirantes supe que necesitaba la ayuda de alguno de vosotros. Lo he perdido todo…

Locura lo escuchaba. Soltó otra de sus risas con timbre agudo, como si fuera un tic que no pudiera contener. Le soltó la barbilla y comenzó a andar a su alrededor. Gerard no se movió mientras escuchaba sus pasos a su espalda. Las sombras de la habitación se revolvían unas con otras y se movían a gran velocidad, casi como si estuvieran inquietas.

—Y déjame adivinar —dijo Locura—. ¿Buscas que los delirios le abran un mundo nuevo a tu arte? ¿Me darás tu alma a cambio de que yo impregne tus lienzos? ¿No te parece un precio desmesurado?

—Hubo alguien que dijo que el arte es prostitución. Yo creo que para ganarlo todo también hay que estar dispuesto a perderlo.

—Una cosa es venderte y otra jugarte lo único que un pobre desgraciado como tú tiene, pintor de pasiones, que es la vida.

—Y ¿por qué acabamos entonces todos nosotros en Némesis? ¿Acaso no es para hacer un trato con los Delirantes?

Justo en ese momento, Locura se volvió a parar enfrente de Gerard. El hombre se fijó en que sus pupilas se habían hecho incluso más pequeñas, y eran dos puntos apenas indistinguibles de sus ojos. Tras el comentario del pintor emanaba un aire distinto, casi amenazador, y él supo que de alguna forma se había equivocado al pronunciar esas palabras.

—No siempre —volvió a hablar ella, pronunciando despacio cada palabra—. Fíjate en esa cría a la que acompaña un león negro.

Así que se trataba de eso. La chica del león negro.

Aún sin saber qué ocurriría de seguir con aquel tema, Gerard prefirió no pronunciar palabra. De alguna manera, su instinto lo previno de ello.

Locura se dio la vuelta y volvió a sentarse en su sillón, con las piernas cruzadas y sus ropajes, como si la gravedad no les afectara, flotando en torno a ella. De pronto todas las sombras de la sala se unieron en el suelo que había bajo el sillón. Temblaban, se sacudían, parecían expectantes. Y Gerard comenzó a oír susurros en su cabeza. Eran voces agudas, ininteligibles, pero que lo atosigaban. Tuvo que esforzarse, una vez más, en centrarse en su objetivo.

Quería volver a pintar. Quería que volviera su inspiración. Quería volver a lo más alto y con ello darle a su familia la vida que merecía, la que su falta de éxito les había quitado. Se había resistido un buen tiempo, pero al final había comprendido que la razón por la que estaba allí era para recuperarlo todo. Y eso estaba en sus manos. Y había encontrado el valor para decidirse a hacer aquello que había supuesto el fin de tantos, pero que también podía darle… el mundo. Otra vez.

Un trato con un Delirante.

Gerard miró a los ojos a Locura nuevamente. Esta vez fue algo más que un cruce de miradas. Esta vez fue la confirmación.

Locura rio.

—Quizás en realidad ya estás loco —dijo.

Gerard suspiró.

—Quizá todos los artistas lo estemos.

—Y por eso Némesis es vuestro lugar. Conoces las reglas de los tratos con los Delirantes, ¿verdad?

—Es sencillo —asintió el pintor—. Dejar que tú entres en mí. Los artistas podemos usar los síntomas de vuestro mal para inspirarnos, para crear. Pero nuestra voluntad tiene que ser fuerte. Nuestro espíritu tiene que aguantar y sobreponerse a vuestro poder, o si no…

La Delirante volvió a reír, esta vez de forma abierta, mucho más alto.

—O si no…, ¡perderéis la cabeza!

La risa siguió. Creció y creció, y las sombras de la sala empezaron a moverse frenéticamente, y Gerard sintió cómo cada carcajada era un cuchillo que se clavaba en su pecho. Antes de que pudiera evitarlo, sus rodillas golpearon contra el suelo. Y oyó el grito de la Locura.

—¡Ya es tarde, pintor! ¡No aguantarás!

Pero a Gerard le quedó un último atisbo de fuerza.

—Hazlo —dijo.

Y Locura cayó sobre él.

Anne llevaba horas dando vueltas en aquella gran cama, sin ser capaz de dormirse. Se preguntaba si debía empezar a comprar una medicación para ser capaz de conciliar el sueño, pero le daba miedo que una vez empezara a tomarla no pudiera irse a la cama sin ella, como les ocurría a varias de sus compañeras de trabajo. Y, en el fondo, sabía que bastaba con calmar sus agitados pensamientos para que el esperado descanso llegara. Pero no se sentía capaz de ello. Siempre volvía a ella una nueva preocupación, y el hecho de que su cama de matrimonio estuviera cada vez más a menudo vacía de noche no ayudaba.

Ya había dejado de preguntarle a Gerard, su marido, a qué se debían sus ausencias. Sabía toda la culpabilidad que le reconcomía por dentro, conocía su tristeza, pero tenía que respetar que él no quisiera hablar con ella. Aunque a veces

Anne no podía evitar dejarse llevar por las dudas e, incluso, preguntarse si tendría una aventura.

Sí, desde luego tenía que apartar esos pensamientos de la cabeza o no podría conciliar nunca el sueño. Se levantó, pensando en hacerse una valeriana rápidamente y volver a acostarse un poco más relajada. Pero cuando salió del dormitorio algo la distrajo de su cometido.

Por la rendija de una de las puertas del pasillo se colaba un haz de luz y sonaban pasos al otro lado. Anne se dio cuenta, tras la sorpresa inicial, de que era la puerta que daba entrada al estudio de pintura de su marido. Ni siquiera había oído entrar a Gerard, y eso que tenía buen oído.

Abrió con cuidado la puerta. También con cierto temor. El temor de alguien que sabe que puede descubrir algo que preferiría no saber.

Pero, desde luego, lo que vio no fue lo que esperaba, sino mucho peor.

Lo primero que llamó su atención fue el gigantesco lienzo que estaba tendido en el suelo. Y es que era imposible apartar la vista de él. Estaba pintado en su totalidad de colores muy brillantes, desequilibrados, combinados con negro. La misma figura se repetía a lo largo de toda su superficie: un ojo muy abierto, de cuyo interior manaba algo que, de no haber sido rojo, hubiera pasado por lágrimas.

Aquellos ojos lloraban sangre.

Gerard pintaba enloquecido, dando pinceladas aquí y allá, arrastrándose de un lado a otro de la sala. Anne contempló a su marido aterrorizada. Se había pintado a lo largo de los brazos, una y otra vez, el mismo ojo. De vez en cuando,

entre sus compulsivos movimientos, soltaba algún pequeño alarido.

Anne observó horrorizada cómo agarraba varios pinceles
y empezaba a soltar pinceladas a destajo, unas al aire y otras
dirigidas al lienzo. Al final no pudo aguantar.

—¿Gerard…?

Su marido se dio la vuelta de golpe, rígido como una es-
tatua. Por un momento ella creyó ver un signo de recono-
cimiento en sus ojos y se sintió aliviada. Pero eso duró tan
solo un instante, hasta que Gerard abrió la boca y aquella
palabra salió de sus labios.

—¿Mamá…?

A la mañana siguiente, el famoso, aunque caído en desgracia, pintor Gerard O'Neill ingresaba en un psiquiátrico por
demencia repentina. No volvería a salir de allí.

CAPÍTULO II

Pobre, pobre Gerard.

Otra víctima más de Locura. ¿Otra víctima más del arte? Quizá sería más adecuado decir que otra víctima más de Némesis. Mundo, capital, monumento a la oscuridad. Cómo explicarlo. Cómo hablar de las cenizas en los pulmones, de las sombras invisibles, de los gritos del silencio y las prisiones de paredes que te persiguen. De historias sabidas, pero no contadas.

Némesis.

Una vez escuché que era el mundo de aquello que tienen en común todas las almas del universo. Qué irónico que lo común sea la noche. Oh, sí, la noche. En Némesis siempre es de noche. Siempre he pensado que ningún Delirante sobreviviría a un amanecer. El poder del delirio lo guarda la oscuridad, y por eso quienes llegan aquí necesitan saber que su espejo será la noche. Que en la oscuridad se encontrarán. Y que quizás, y solo quizá, no podrán soportarlo.

Pobre, pobre Gerard.

El pintor se quedó sin colores, y los colores se quedaron sin su amor.

Pobres colores. ¿Quién os querrá ahora?

Oh, soy cruel. Oh, a quién le importa. En un mundo dominado por los Delirantes y sus horribles tratos, un poco de ironía nunca está de más, sobre todo si eres, como ahora soy yo, un mero observador. Es lo de siempre: el que ve no actúa, el que actúa no ve. Estrellas desde el cielo o soldados en la tierra. Escoge bien. Escoge muy bien, que te va la vida en ello. Y una vida es mucho tiempo sin actuar. Y una vida es mucho tiempo sin ver.

Pero yo estaba hablando de este mundo.

En realidad es sencillo. Hay una zona neutral, por la que pululan, sin saber muy bien qué hacer, los que llegan de alguna manera aquí. No voy a decirte por qué llegan, porque ahora no es el momento, pero llegan, aparecen. La zona neutral ocupa la mayor parte de este lugar y varía mucho de uno de los extremos al otro: hay zonas abiertas, zonas estrechas, zonas subterráneas, la mayoría zonas pobres de edificios sucios y semiderruidos, como corresponde a un lugar como Némesis. Y ¿el resto de zonas? Esas son las suyas. Aquellas en las que no se debería entrar si no se desea respirar el mismo aire que los Delirantes.

Como las calles que Gerard atravesó para llegar hasta Locura. No es que allí se hubieran juntado todos los locos. Es que habían entrado en su zona de control y no lo habían soportado.

Sí, esos son los Delirantes.

Los auténticos señores de este mundo. Quizá la razón de su existencia. Quizás ellos sean lo común. Mil universos posibles, millones de seres que los habitan, y bastan siete horrores para dominarlos a todos. Salvo a los ángeles. Ah, pero de Alen ya hablaremos más tarde.

Estoy diciendo demasiado.

Cuando yo solo quiero contar.

Así que solo te daré los nombres de los Siete: Locura, Cólera, Culpa, Pánico, Euforia, y los dos menores, Celos y Odio, unidos para la eternidad, y la mayor. La más poderosa. Por suerte no sale de su bello palacio.

Melancolía.

Delirantes, los llaman. O se hacen llamar, qué importa. Pero el nombre es certero.

Así que sí, esta es nuestra ciudad. El lugar en el que el arte y las pasiones se alimentan de delirios. Ya has presenciado un trato. Ya sabes cómo funciona; lo has oído en las palabras del desdichado pintor. Aunque queda una cosa por explicar, y es qué buscan los Siete con los tratos. Pero, eh, si yo te lo contara todo desde un principio, no creo que te quedaras a observar de buenas a primeras. Ya me entiendes. Cuestiones de intriga y todas esas cosas que dicen que tienen que estar presentes en cualquier narración de una historia. Y esta es una historia. Una que espero que tú sigas con el mismo interés que yo. Siéntate junto a mí. Seamos observadores, seamos vigías. Hay un faro y una tormenta, y tú quieres ser la luz que guía, pero lo único que puedes hacer es alzar las manos e intentar consolar al cielo para que deje de llorar.

Las historias son tormentas. ¿De quién será esta? ¿Por quién aúlla el mundo esta vez? A Locura le cabrea mucho su existencia. A todos los Delirantes, juraría, porque no hay nadie a quien odien más que a quien ha escapado de su juego de seducción tantos años y vaga por Némesis, entra y sale, enreda y exhibe su fuerza a placer. Ya has oído a la Delirante. Ya lo adivinó Gerard. Soy yo el que te lo digo.

Esta historia es de ella. De Serena.

O como se la llama por aquí, la chica del león negro. Buen nombre para una leyenda. La melena oscura, las manos llenas de heridas de guerra, la voluntad resuelta y la lucha en los ojos. ¿Por quién luchas, Serena? ¿Quién te duele? Oh, y me olvidaba del león. El león negro que siempre la guarda. Quizá lo haga por los otros mil fantasmas de su mente que deben acosarla, que lleva a cualquier parte. Quizás el león solo sea ese alguien que porta la fuerza de Serena que ella no sabe que es suya. O quizá realmente es un rey el que la protege. No sé en qué convierte eso a Serena.

¿Dejará que la conozcamos?

¿Dejará que la sigamos por las calles de esta capital, este monumento, esta tierra de delirios y Delirantes, esta noche que no acaba…?

Pero, antes que nada, sé que tienes otra pregunta. Quizá la más pertinente. La que debería responder al principio, antes de meterte en este mundo de pesadillas. ¿Por qué deberías seguir en el corazón de la noche a un perfecto desconocido?

¿Que quién soy yo? Ya lo sabrás. A su debido momento. Por una vez cree en esa quimera de que todo sucede cuando debe suceder. Confía en mí. Ven conmigo a conocer a Serena en su casa, su auténtica casa. Ven a ver con tus propios ojos a su precioso Pascal. Yo solo… estaré merodeando por aquí.

Y dicho esto, solo me quedan unas pocas palabras más para ti.

Bienvenido a Némesis, intruso.

CAPÍTULO III

Serena sonrió mientras en su interior se reprochaba el no haber escogido volver paseando por la ruta que rodeaba el pueblo y que siempre estaba menos transitada. Ilusa de ella, había pensado que al ser invierno y hacer un frío horrible en las calles, no se encontraría a nadie si atravesaba la población. Debido a sus optimistas pensamientos, se hallaba en aquel momento atrapada delante de una señora a la que identificaba como conocida de su madre, aunque tampoco estaba muy segura. De cualquier manera, a ellas dos las conocían y las saludaban en todo el pueblo, incluso personas que nunca les habían dirigido la palabra.

Aguantó como pudo la ya esperada retahíla de preguntas. Que si qué tal se las arreglaban ella y Lisa, que cómo iba en el instituto, que qué pena que vivieran en una casa que estaba tan alejada del resto… Ella respondía con esa educación que ayudaba a mantener las distancias, como llevaba haciendo desde hacía años. La verdad era que detestaba el tono de falso optimismo que intentaban inculcarle a su voz, sus falsas sonrisas, su apoyo que no era más que morbo disfrazado. Pero siempre era correcta, sobre todo por su madre, que sí procuraba bajar más al pueblo y llevar un poco de vida social, aunque solo fuera porque para su trabajo también lo precisaba.

Sin embargo, los nervios de Serena, que no eran ni mucho menos de acero, fallaron cuando ella ya estaba pensando en una disculpa para marcharse. Aquella señora podría haber pensado un poco lo que decía antes de preguntar por él.

—Y dime, Serena, ¿qué tal se encuentra Pascal?

Fue al oír su nombre cuando el rostro de la muchacha se crispó.

—Bien —respondió con sequedad—. Se encuentra bien.

Pero la mujer no pareció entenderlo.

—¿Así que el tratamiento...?

Serena no aguantó más. Podía soportar los comentarios aislados sobre su madre, las miradas temerosas en el instituto, pero si había algo que realmente le tocara la moral, era oírlos hablar sobre Pascal. Nunca podría evitar que aquella panda de cotorras chismorreara, pero no estaba dispuesta a darles más material para ello. Así que, apresuradamente, recogió las bolsas que contenían todo lo que había comprado en la tienda y levantó la mirada, cargada de algo parecido al desprecio.

—Tengo que irme —dijo—. Mi madre me está esperando y debería estudiar.

La mujer pareció darse cuenta de que había metido la pata, porque dio un paso atrás, como si la intensidad de las palabras de Serena la amedrentara de golpe.

—Dale recuerdos a Lisa. Y cuídate, Serena.

«Como si no lo hiciera ya», pensó la chica. Pero no lo dijo en voz alta. Sencillamente se fue caminando, primero con cierta serenidad y, cuando salió del campo de visión de la mujer, con la mayor rapidez que le dejaron sus piernas. Otras personas del pueblo la observaban al pasar, pero por suerte no hubo ninguna que la parara para hablar. Serena sabía que tenían sus razones para mirarla, pero, aun así, seguía sin gustarle sentir pares de ojos escudriñándola desde cada esquina.

Había sido así desde que su padre, hacía ya dos años, había muerto. O, como decían en el pueblo, se había suicidado. Otra razón por la cual Serena los despreciaba. Desde entonces todo el mundo recordaba a Hugo como el suicida que había dejado solas a su mujer y a su hija. Era como si todo lo que había ocurrido antes, toda la brillante carrera que lo había convertido en uno de los psicólogos de mayor prestigio del país, que hubiera tratado y curado a tantos y tantos pacientes, que tuviera una consulta por la que habían pasado algunas de las personas con el peor pronóstico posible, era como si todo aquello… se hubiera borrado de un plumazo por un solo momento de debilidad.

Uno solo.

Como si no contaran las veces que se había jugado la vida por ellos y solo por ellos. Pero eso no lo sabían, y Serena no era quién para explicárselo. No habrían podido entender, en un pueblo pequeño de aquel lugar poco conocido y rural, lo que existía más allá. Lo que era Némesis.

Quiso apartar aquellos pensamientos de su cabeza, porque la hacían sentirse muy solitaria, como alguien que tenía una lucha de la que realmente nadie sabía nada. Y en verdad ese era su caso. Pero sentía que si reflexionaba demasiado sobre ello, comenzaría a perder sus fuerzas.

Lo importante era avanzar. Siempre hacia delante. Cualquier parada era una invitación para ponerse a pensar y, por lo tanto, una entrada para la duda. Y Serena solía pensar que no podía permitirse dudar.

Suspiró aliviada al dejar atrás las últimas casas del pueblo y enfilar por la estrecha carretera, rodeada de prados descuidados y de algún árbol aislado, que la llevaría hasta su casa. Se trataba de una construcción vieja, pero perfectamente reformada, a unos treinta metros de la carretera (que había que recorrer por un camino toscamente empedrado), y que se había quedado demasiado grande para las dos únicas personas que vivían allí. En el pueblo solían decirles que se mudaran, que allí dos mujeres jóvenes estaban indefensas, que era un lugar muy aislado. Había solo otra casa, algo más pequeña y situada en el otro lado de la carretera, cerca de la suya. Pero Serena no necesitaba más que asomarse a la ventana de su habitación y mirar aquella vivienda para no sentirse aislada. Y es que en esa casa vivía la familia de Pascal.

Cuando Serena entró en su casa, oyó los familiares ruidos de su madre trabajando en la cocina. Cerró la puerta tras de sí con ruido, para que no se asustara luego al verla (una vez había entrado en el salón y casi la mató del sobresalto), y llevó con cuidado todas las bolsas a la cocina, donde Lisa estaba recogiendo los últimos desórdenes.

—Mamá.

Su madre parecía cansada, como la mayoría de los días. Serena admiraba su entereza, cómo nunca se derrumbaba, haciendo gala de una resistencia silenciosa. Serena habría deseado parecerse a ella, pero sabía que había salido a su padre. Y eso también era algo que a la gente del pueblo le gustaba traer a la memoria. No sabía si tomárselo como un halago porque se lo decían con cierta precaución, como si en cierta manera fuera incluso peligroso recordárselo. Pero era una de las pocas cosas que a Serena le gustaba escuchar.

Lisa la saludó con su eterna sonrisa suavizada, tras la cual se intuía un dolor que había estado allí mucho tiempo.

—Serena, cariño —dijo—. ¿Qué tal en el pueblo?

La muchacha suspiró mientras dejaba las bolsas en las distintas encimeras.

—Una señora de la cual no sé su nombre te envía saludos. Y hace frío. Y todo sigue igual.

—Serena.

—¿Qué? Si es la verdad.

—Lo sé, pero tampoco podemos despreciar la amabilidad. Puede que en algunos momentos necesitemos su ayuda.

—Yo no considero eso amabilidad, mamá. —Fue sincera—. Más bien diría que les encanta convertirnos en obras de caridad para su propio beneficio.

Lisa no intentó razonar con su hija. Además, en cierta medida sabía que tenía razón, aunque ella prefería ser mucho más pragmática. Las dos comenzaron a colocar las compras que había traído Serena en la nevera y las distintas alacenas, cada una enfrascada en sus propios pensamientos, hasta que Lisa volvió a hablar, esta vez con una sonrisa bien amplia.

—Pascal te está esperando arriba, por cierto.

Serena se volvió como activada por un resorte.

—¡Mamá! —le espetó, pero su reproche paró en cuanto vio la expresión de su madre y suavizó el tono—. Siempre haces lo mismo…

Lisa rio.

—Es que la cara que pones es muy entrañable.

—Y tú eres maquiavélica.

—Eso lo decía tu padre —respondió Lisa, sin perder ni un ápice de diversión—. Sube, anda. Ya acabaré yo de colocar esto. El pobre lleva un rato ya.

—¿Por qué será…?

—Por mí no, desde luego —pinchó la madre a su hija por última vez.

Serena subió la escalera de su casa de dos en dos. Llegó hasta el pasillo, abrió la puerta de su habitación… y allí se encontraba.

Estaba tumbado en la cama, el cabello negro despeinado delatando que ya llevaba un buen rato allí. Leía un libro que apoyaba en el pecho. Serena lo miró unos instantes. La expresión de Pascal era suave, calmada, pero aun así ella se preocupó, como cada vez que lo veía.

Entró en la habitación despacio y se sentó en el borde de la cama. Pascal bajó el libro y le dirigió una sonrisa, sin levantarse, mientras Serena extendía un brazo y le acariciaba el pelo.

—Tardona —dijo el chico.

—Culpa a mi madre.

Pascal sonrió y respondió ladeando suavemente la cabeza al gesto de ternura de Serena. Pero hubo algo en su rostro, aunque no había sabido bien qué, que hizo que el instinto de la chica se disparara.

—¿Qué tal estás? —preguntó, precavida.

Pascal apartó la mirada.

—No lo sé. —Fue su única respuesta.

—¿Ha ocurrido algo?

—No, para nada. Pero ya sabes que a estas horas y con este tiempo, y que no llevo una buena racha…

No finalizó la frase. No hacía falta. Serena, sin decir nada más, se tendió en la cama, apoyando la cabeza a la altura de su pecho (tuvo que bajar el resto de su cuerpo, ya que Pascal era de su misma altura o incluso un par de centímetros más bajo que ella) y lo rodeó con los brazos. Sintió cómo el chico inspiraba y espiraba lentamente, como si quisiera que con el aire se liberaran otras cosas de su interior. Así se quedaron un rato en silencio, los dos juntos.

Tan solo que Serena nunca sentía que estuvieran los dos.

En esas situaciones, el trastorno bipolar, la enfermedad mental de Pascal, era más palpable que nunca, como un intruso. Como tener permanentemente al enemigo en casa, como…

Era difícil describirlo.

Rodeó con más fuerza al chico, como si quisiera hacerse más presente ante él. Pascal puso una mano sobre sus hombros, suavemente. Serena comenzaba a notar que otra vez esa atmósfera, un poco melancólica, siempre inmóvil, se asentaba entre ellos. Por una vez lamentó estar en su habitación. Sentía que necesitaba unos rayos de sol, un poco de calor acariciando su piel. Reparó en cómo el muchacho desplazaba su mano hasta rozar su cabello con las yemas de los dedos y cómo, una vez más, suspiraba.

—Lo siento —dijo Pascal.

Le había dicho lo mismo tantas veces en tantas situaciones similares…

—Tú no tienes la culpa —respondió de forma casi automática—. Entiendo tus bajones y tus cambios. No te preocupes por mí.

—Tú no tendrías por qué…

—Pascal —lo cortó ella suavemente—. Hemos hablado de esto.

Se había incorporado un poco para poder mirar al chico a la cara. Pascal clavó sus ojos castaños, cálidos a pesar de todo, en ella, y Serena dejó de sentir que necesitaba el sol. Como siempre ocurría, los rasgos suaves de Pascal, su rostro aquella tarde marcado por algo parecido a la nostalgia (aunque ella sabía que nada de lo que pudiera sentir se parecería remotamente a lo que Pascal llevaba dentro) la embelesaron una vez más.

Él sonrió levemente.

—Eres una idiota.

—Sí —lo secundó Serena—. Tu idiota.

—Y me quieres demasiado.

—Y te quiero. A secas.

Pascal respondió a sus palabras inclinándose un momento para darle un beso en la frente. La chica bebió de aquel gesto de cariño como si del agua más pura se tratara. Sabía que a él le costaba hacer cosas como esa cuando se encontraba en sus momentos de tristeza, sabía el esfuerzo que había detrás de un simple gesto. Y no pudo sino agradecérselo con toda su alma. Porque cosas como esa le daban la vida, o, al menos, le devolvían las fuerzas.

Le recordaban todo lo que quería, lo que se esforzaba por ello, sus luchas, sus sueños, sus deseos y el valor impuesto a sí misma. Le recordaban que nada de eso podía ser borrado, ni siquiera por una tarde tan gris y anodina como esa.

Así que se levantó con energías renovadas de la cama. Pascal notó el cambio.

—¿Vas a escribir? —le preguntó, un poco más animado.

—Sí —respondió Serena mientras se sentaba ante su pequeño escritorio. Un cuaderno abierto ya la estaba esperando allí—. Si me sale algo bonito te lo dejo leer, ¿de acuerdo?

—¿Solo si es bonito?

—¡Es que, si no, me da mucha vergüenza!

—Anda…

La chica se echó a reír.

—Manipulador —se quejó en broma.

—Ángel.

—Maligno.

—Preciosa.

Pascal también sonreía mientras le tomaba el pelo, y ella se sintió orgullosa de haber conseguido arrancarle unos destellos de alegría.

—Está bien —acabó cediendo—. Pero tú sigue leyendo tranquilo.

El chico, por toda respuesta, volvió a tumbarse y a tomar el libro que se le había quedado abierto por la página por la que iba leyendo, mientras Serena le daba la espalda y dejaba que sus ojos y su mente se perdieran por la hoja que tenía enfrente, cuyo vacío estaba a punto de llenar.

No vio la última mirada ni la sonrisa que le dedicó Pascal cuando agarró el bolígrafo y empezó a escribir.

Durante mucho tiempo solo se oyó eso en la habitación: el sonido del bolígrafo al deslizarse por el papel, el leve crujido de la silla cada vez que Serena levantaba la vista para reflexionar durante unos instantes antes de volver a su escritura y el ruido de las hojas al ir pasando. La atmósfera se volvió relajada, símbolo de aquella confianza que se tenían los dos, a los cuales les bastaba con estar juntos, con poder sentir la presencia del uno cerca del otro, con levantar la mirada y ver el rostro del otro para sentirse... como en el auténtico hogar.

A medida que pasaba el tiempo, la habitación iba oscureciéndose. Serena se levantó un momento para encender las luces. Miró a Pascal mientras lo hacía y la alivió ver la expresión del chico, calmada, concentrada en las palabras de su novela. Sabía que no estaba pasando una buena racha, pero hacer cosas como leer, ver películas, jugar a videojuegos, en definitiva, cualquier cosa que silenciara un rato sus pensamientos, siempre parecía ayudarlo. A veces deseaba poder construir una fortaleza de calma para protegerlo. Pero ningún refugio servía cuando aquello que hacía sufrir a Pascal estaba dentro de su mente.

Intentó apartar esos pensamientos de su mente, pero no lo consiguió. Así que no pudo sino volcar todo lo que sentía, una vez más, en sus palabras.

A veces pensaba que era eso, escribir, lo que luego la ayudaba a apartar todo aquello que la separaba de su fuerza.

Pasó otro rato parecido, hasta que al final Pascal cerró el libro. Su rostro había cambiado ligeramente desde el comienzo de la tarde y, aunque seguía teniendo unos dejes de tristeza, también poseía un poco más de energía. Miró a la chica y vio que había parado de escribir, aunque seguía sentada en su silla. Leía con especial atención las palabras con las que había llenado unas hojas del cuaderno.

Pascal se levantó, sin hacer movimientos bruscos, y dio un par de pasos hasta ponerse justo detrás de ella. La abrazó por detrás; su barbilla en el hombro de la muchacha, las mejillas rozándose, el suave contacto lleno de sentimiento.

—¿Qué has escrito?

Serena sintió la apacible voz del chico, siempre un poco más apagada en sus frases de melancolía, acariciándole un lado del rostro.

—Un poema —respondió, y se volvió con una sonrisa dulce para mirarlo—. «El chico de las mil luces».

No contaba con la tristeza que cruzó por el rostro de Pascal.

—Cada luz tiene una sombra igual o más grande que ella, ¿sabes?

—¿Qué tipo de luz sería si no?

Él suspiró y se separó un poco de ella.

—Vamos a dejarlo.

43

—De acuerdo. Pero que sepas que el poema me ha quedado precioso —dijo Serena.

—Como todos los que escribes.

Ella respondió al cumplido con un gracioso mohín.

—Pelota.

—Sabes que lo soy —aceptó Pascal—. ¿Vendrás a casa a cenar?

La chica se puso seria al oír esa pregunta.

—Lo siento, Pascal —se disculpó—. Sabes que no puedo. Tengo… tengo cosas que hacer.

No hizo falta que explicara más. El chico asintió y recogió su libro de la cama, ya preparado para marcharse.

—Tan solo ten cuidado. —Fue lo último que dijo, clavando una última mirada en ella.

Desde luego habría preferido cenar en casa de Pascal charlando con sus padres y pasando un buen rato con el chico, pero no podía. Así que rápidamente se hizo unos fideos instantáneos de cena y se los subió a su habitación. Su madre la miró con seriedad, pero no dijo nada. Sabía que era inútil. Nunca había conseguido pararla y ya no lo haría. Justo como su padre.

La única cosa en la que tenían razón los vecinos al hablar de ella era cuando decían que era la viva imagen de Hugo.

Hugo.

Serena a veces se preguntaba cómo alguien podía seguir allí, tan presente, si lo único que quedaba de él eran un montón de fotografías, toda una maraña de recuerdos entre los que se mezclaban los de sus pacientes, los de Serena, los de Lisa y los de la gente del pueblo, y sus diarios. Los diarios que Serena tenía cuidadosamente apilados en la mesilla que había al lado de su cama.

Aunque de su padre también quedaba otra cosa. Incluso aunque no se supiera muy bien por qué.

Y eso que quedaba era Pascal.

De una manera o de otra.

Y por eso Serena leía y releía los diarios de su padre muchas veces, intentando encontrar algún dato que quizás había pasado por alto, o quizá para recordarse por qué, en cierta medida, sacrificaba su presente. Por qué se esforzaba tanto. Otras veces también lo hacía, sencillamente, porque echaba de menos a su padre, y leerlo casi parecía tanto como tenerlo a su lado hablándole a ella. A pesar de todo su trabajo, él siempre había encontrado un momento cada día para pasarlo con ella. Solía decir que trabajar tanto para luego no poder estar con su familia no tenía sentido.

Y es que Hugo, realmente, tenía muchísimo trabajo. El padre de Serena había sido conocido por, a pesar de seguir teniendo su consulta en un pueblo muy apartado, ser uno de los psicólogos más reconocidos del país. Cuando ella era niña recordaba que había viajado mucho, de conferencia en conferencia, también ayudando cuando se producía algún suceso traumático o haciendo informes para el gobierno. Pero muy pronto Hugo había decidido dedicar exclusivamente su tiempo a ella. No por ello había decaído su fama. Gente de todo el país pedía cita con Hugo, a él le llegaban pacientes de todas las edades, con los trastornos mentales más graves.

También se lo conocía por su amor a la profesión, porque realmente amaba su trabajo (y por eso también sus precios eran ridículamente bajos para la demanda y fama que poseía) y a veces se le atribuía a eso su éxito.

Hugo había ayudado a que incluso los casos más desesperados mejoraran, a que los trastornos más graves fueran superados. Pacientes que muchos otros médicos habían dado casi por perdidos. Pacientes, sí, con varios intentos de suicidio en su historial. A Hugo nada de ello le había importado.

Muchos se preguntaban cómo lo hacía.

Serena ahora sabía que su padre hacía cierta trampa, o, visto de otra manera, había sido el que apostaba a todo o nada en los tratamientos. Alguien que realmente se arriesgaba, alguien que literalmente se ponía en la piel de sus pacientes. Alguien capaz de ir a otro mundo y jugarse la vida para que una persona mejorara en la Tierra. Serena a veces se preguntaba si Hugo no había sido el mayor loco de todos. Porque no siempre conseguía comprender sus razones, y llevaba años intentándolo. Años ya.

Desde que, cuando ella tenía quince años, Lisa se había encontrado a su marido colgando de una de las vigas de la buhardilla. Se había ahorcado.

Aquello fue muy sonado. Lo que más hirió a Serena fue el lidiar con la idea de que su padre se había suicidado. Y estaba a punto de aceptarla cuando hubo algo que le hizo pensar que a lo mejor su padre nunca había tenido la voluntad de matarse. Al menos no mientras era él mismo.

Y ese algo era en lo que Serena había vuelto a pensar esa noche, lo que su madre había encontrado casi por casualidad en la sala que Hugo solía utilizar para pasar consulta. Los diferentes cuadernos que constituían el diario de su padre. Más de dos años y seguía leyéndolos como si le fuera la vida en ello, aunque podría decirse que casi se los sabía de memoria. Los únicos vacíos eran los que las palabras no podían cubrir, los que mostraban aún lo carentes que eran sus conocimientos acerca de la vida de su padre y de…

Némesis.

Abrió el primero de los cuadernos. Su mente, más que leer las palabras, las recordaba.

A veces me pregunto de la mano de qué maquiavélico creador podrá haber sido cincelado este mundo, Némesis. Yo, que he tratado con tantas argucias del cerebro, con tantos pacientes llenos de delirios e ilusiones, sin embargo, estoy convencido de que es real. Quizás el más real de todos los mundos posibles, que, ahora estoy convencido, son muchos. Hay veces en las que desearía pasear por las calles de Némesis simplemente cruzándome con los diversos seres, observando de lejos a los que sé que son los habitantes de otros universos.

Cada vez que hablo con alguien, mi mente se hace la misma pregunta: «¿Tú por qué has acabado aquí?». ¿Qué hacemos todos recorriendo enloquecidos la eterna noche de esta ciudad?

El resto no lo sé. Pero sé lo que hago yo.

Siempre lo he tenido presente. Cuando comencé con la carrera de Psicología, cuando descubrí Némesis, cuando comenzaron a visitarme pacientes...

En realidad, creo que cuando me di cuenta fue cuando visité aquel reformatorio masculino en Caracas. Todos aquellos chicos llenos de los golpes que la vida ya se había encargado de darles en sus pocos años o aún más repletos de monstruos que guardaban en su cabeza, monstruos con los que habían nacido... Supongo que no sueno como un psicólogo profesional hablando en estos términos, pero a veces realmente pienso de esta manera. Como decía, fueron aquellas semanas que pasé tratando a los jóvenes del reformatorio las que me hicieron darme cuenta de que llegaría hasta donde fuera a la hora de evitar el sufrimiento de uno de mis pacientes.

En Némesis encontré que ese «hasta donde fuera» era mucho más duro de lo que jamás habría imaginado. Y, sin embargo, aquí sigo. Y seguiré. Hasta que mi cuerpo y mi mente aguanten.

A veces no sé si lo mío es solidaridad, sacrificio o pura autocomplacencia. Lo mismo da.

Némesis es el horror en estado puro, pero todo horror, igual que nos ocurre en los rincones más desconocidos y oscuros de nuestra mente, nos produce una inexplicable fascinación. Yo ya no puedo escapar de esta ciudad. Últimamente creo que me da igual los riesgos que corra; mientras haya una persona sufriendo por algún trastorno mental, alguien que me pida ayuda, yo seguiré viniendo a este mundo.

Todos los que pululan por aquí acaban pronunciando la misma frase: «Némesis es el mundo de lo que todos tenemos en común».

Y, sin embargo, por muy egoísta que eso suene, creo que es más mío que de nadie.

El problema, el gran problema de Serena, era que la mayoría de los textos de su padre eran así. Era difícil sacar información acerca de Némesis entre las múltiples reflexiones personales y todos los sentimientos que Hugo había volcado allí. Pero lo que la chica sabía era que, de alguna manera, las milagrosas recuperaciones de los pacientes de su padre tenían que ver con sus viajes a Némesis.

Había otro fragmento que Serena necesitaba releer aquella y casi todas las noches. Era un único párrafo escrito unos meses antes de la muerte de Hugo. Un párrafo que se caracterizaba porque antes y después de él había un gran lapso de días en blanco. Pero eso no era lo que le importaba a Serena, aunque quizá la clave de lo que buscaba estuviera en esos días sin documentar.

No, lo que a ella le interesaba era acerca de quién hablaba aquel párrafo.

Siento el miedo. Por primera vez en mucho tiempo, siento la angustia de tener los ojos de los Delirantes puestos sobre mí. Pero no podía permitir que él se quedara allí, porque parecía que toda Némesis quería devorarlo, si es que antes no lo hacía él mismo. ¿Qué iba a hacer? Me lo he traído conmigo a la Tierra. El viaje lo ha dejado inconsciente y cuando despierte tendré que comprobar en qué estado se encuentra. Rezo a todos los dioses que conozco para que lo que yo creía sea cierto, y que el hecho de venir aquí haya conseguido darle ese algo de paz que no podía encontrar en el reino de los Delirantes. Ya le he encontrado una familia de acogida, un hogar, un refugio que espero que haga que ya no puedan tocarlo. A veces me pregunto si puedo darle a Pascal el hogar que se merece. Otras, si le he conseguido su paz. Si fuera así, este sacrificio habría merecido la pena.

Su padre siempre hablaba de sacrificios, pero el único con el que Serena se sentía identificada era con ese. El sacrificio por la paz y la seguridad de Pascal.

La chica aún recordaba esa noche en la que Hugo las había llamado desde el hospital. Estaba allí por un chico, un chico que se encontraba inconsciente. Cuando Lisa y ella fueron con su padre, vieron a Pascal. Los médicos decían que se recuperaría. Los policías intentaban preguntarle a Hugo de dónde salía aquel chico malherido. El psicólogo, cada vez más nervioso, se negaba a dar explicaciones. En medio de aquel barullo, Serena miraba a aquel joven en silencio.

Lo único que consiguieron sacarle a Hugo fue que el chico, huérfano, se llamaba Pascal, era un año menor que Serena, y que lo había rescatado de un lugar horrible. Llegó un punto en el que dejaron de hacerse preguntas, en parte gracias a la fama profesional de Hugo. Pasaron toda la noche en el hospital hasta que, a la mañana siguiente, Pascal despertó. Aquel mismo día, la familia vecina de Hugo y Lisa en el pueblo aceptaba acogerlo en su hogar.

No tuvo que pasar mucho tiempo hasta que se dieron cuenta de dos cosas fundamentales.

En primer lugar, Pascal no recordaba nada anterior a su noche en el hospital. Era como una hoja en blanco, como un recién nacido.

Cuando, a la semana, comenzó a hablar, comer y hacer el resto de cosas con normalidad, apareció el trastorno bipolar. Y ya no se fue.

Cuando se suicidó su padre, para Serena también murió la gran esperanza de que Pascal se curara. Pero al encontrar los diarios de Hugo, se dio cuenta de que las puertas que el psicólogo había abierto para la esperanza seguían abiertas. Ya mucho antes había pensado que las ausencias de su padre, normalmente de noche, y los muchos secretos que lo acompañaban eran sospechosos, pero nunca se habría imaginado algo así. Que Hugo viajaba entre mundos para, de una manera u otra, tratar a sus pacientes.

Tomó el relevo.

Y, de alguna manera, eso continuaba haciendo.

Seguía pareciéndole una locura tan grande como el primer día. Y, sin embargo, como su padre, había hecho el sacrificio de su vida.

Ya se habían sucedido muchas noches así. Con Pascal, quien sabía solo lo justo, y Lisa, de quien Serena no podía precisar qué sabía y qué no, en silencio, sin preguntarle qué era aquello que tenía que hacer. Sin reproches que no cambiarían nada.

Hacía rato que había oído a su madre meterse en su habitación cuando Serena se vistió, procurando que su atuendo fuera lo más oscuro posible, y salió rápidamente de su casa. Atravesó el jardín casero hasta llegar a ese cobertizo en el que, durante toda su infancia, Hugo le había prohibido entrar.

Entró. Tuvo cuidado en cerrar la puerta a su espalda. Encendió la solitaria bombilla que colgaba del techo y se paró a respirar un momento.

Aquel cobertizo estaba completamente vacío, salvo por una mesilla vieja y dos espejos antiguos y enormes, esos espejos ovalados que giran sobre sí mismos, colocados uno enfrente del otro. El de la derecha estaba en posición horizontal, tal como Serena lo dejaba siempre.

Se acercó a la mesilla y del primer cajón extrajo un reloj de bolsillo de plata, extraño, ya que se veían los engranajes por sus dos caras y porque las agujas eran coronadas por dos ojos en miniatura. La chica se lo guardó en el bolsillo.

¿El tiempo tiene ojos? ¿El tiempo nos observa?
El Sombrerero Loco se quejaba de que el tiempo había
dejado de hacerle caso y es curioso cómo en Némesis,
donde el tiempo parece transcurrir más despacio,
tengo que llevar a todos lados ese reloj con ojos.
A veces creo que es el precio que pagar: la tierra de
los Delirantes nos ayuda, pero a cambio... comprueba
que eso que nos da de más merece la pena. No es tan
fácil salvar a mis pacientes con los ojos del tiempo
siempre en ti, pero si no aguantara eso, ¿acaso
merecería estar en Némesis?

La chica se volvió hacia los dos espejos. Por un momento se fijó en que todo a su alrededor estaba en silencio, y eso la intranquilizó. Después de tanto tiempo debería haberse acostumbrado a hacer eso, pero siempre la invadía una especie de ansiedad en el último momento.

Intentando controlarse, puso el espejo que estaba en horizontal en posición vertical. A pesar de lo antiguo que parecía y de lo recargado que era el marco, era ligero y se movía con facilidad. Serena lo puso en la posición que deseaba; los dos espejos estaban en paralelo, uno frente a otro, provocando una ilusión de reflejos infinitos. Serena se miró, recorrió con los ojos todos los óvalos, uno dentro de otro, en los que aparecían mil versiones iguales. Intentó relajarse.

Un espejo delante de otro para poder crear una puerta a un mundo. Quizá cada reflejo sea un mundo en sí mismo. Y luego solo hay que... dejarse arrastrar. Es curioso cómo a un mundo como Némesis, en el cual el sujetarse a sí mismo, el autocontrol, son la clave de la supervivencia, se entre dejándose llevar. Como a merced del viento.

Les he preguntado a muchos otros cómo aparecieron en Némesis, pero pocos son los que me han contestado. En mi caso siempre he creído que la entrada me encontró a mí y no al revés, que estaba demasiado bien puesta en ese viejo cobertizo como para creer que fue por casualidad. Lo mismo con el resto. Todos esos artistas, tan a punto para ser víctimas de Delirio, que de repente encuentran una manera de acceder... Nunca creí en las casualidades. No en un universo donde el caos es solo el nombre que le damos a aquello de lo que no podemos entender su dinámica.

Me gustaría saber si los demás también tienen que enfrentarse a ellos mismos cada vez que entran en este mundo.

Enfrentarse a uno mismo. Quizá sea una de las cosas más aterradoras que podemos llevar a cabo. Quizá, si realmente nos atreviéramos a mirar dentro de nosotros, nunca jamás volveríamos a temer a los Delirantes ni a aquello que pueden hacernos.

Su padre siempre tenía las palabras adecuadas a punto.

Y mientras pensaba en eso, por el rabillo del ojo captó un movimiento. Uno de sus reflejos había levantado la cabeza, desafiante, aun cuando ella no había realizado ese gesto. Y, rápido como el rayo, entre las piernas de esa figura de Serena pasó una maraña de melena y pelaje negro.

La chica se concentró en ese reflejo, fijando con tanta intensidad su mirada en él que el resto de lo que la rodeaba se desdibujó. Se enfrentó con el rostro a esa versión de sí misma que la miraba con el reto dibujado en su gesto. Y entonces sintió lo que tan bien describía su padre en sus diarios. Primero fue como si una fuerza magnética la atrajera hacia el espejo. En el instante en el que lo atravesó sintió un frío horrible. Y luego... el viento. Recorría a toda velocidad pasillos y pasillos de espejo zarandeada por esa corriente de aire, como si de la hoja de un árbol se tratara. Y era aterradora la sensación de no controlar.

Hubo una parte del trayecto en la cual se unió a su enloquecida carrera la misma maraña de pelaje negro que había visto en el espejo. Corría tras ella a gran velocidad, intentando no perderla de vista. Serena se aseguró de que seguía en todo momento detrás.

Y de pronto el viento cesó. El golpe contra el suelo, por sabido, no fue menos doloroso.

Serena se levantó, con un quejido, y estiró un poco los brazos y las piernas.

Miró a su alrededor. Ya no había ni rastro de los pasillos de espejo ni de aquella corriente de viento huracanado. Se encontraba en una sala casi subterránea, sucia, oscura y llena de jirones de tela y papel. El hormigón del suelo y las paredes no estaba recubierto, y la única ventana, que dejaba ver una calle de noche, tenía el cristal roto.

No sabía por qué siempre acababa llegando a aquel sótano cochambroso, pero era el mismo que describía su padre. Aunque había una cosa que la diferenciaba de Hugo.

De entre una de las esquinas oscuras de la sala apareció un enorme león, de brillante pelaje negro, que caminó hasta situarse a la altura de la muchacha.

Serena posó una mano sobre su melena.

—Vamos allá —dijo.

CAPÍTULO IV

Los primeros que vieron a Serena andando por la calle, justo al salir de aquel sótano mísero, ya se apartaron de su camino, temerosos. Ella sabía perfectamente la imagen que daba, con ese uniforme de pantalones estrechos, botas de combate y cazadora de cuero. Su sempiterna coleta se balanceaba a su espalda, mientras mantenía la máscara de desafío y seguridad con la que cubría su rostro cada vez que entraba en Némesis. Las sombras que provocaban las farolas sobre ella ayudaban a fortalecer aquel aura que hacía al resto mirarla temeroso en la distancia.

El león negro caminaba a su lado, sin separarse nunca, sin mirar a ningún lado que no fuera la dirección en la que iba su ama. De vez en cuando Serena le ponía una mano en la melena y le hacía una suave caricia, casi más para asegurarse distraídamente de que estaba ahí que para otra cosa. Aunque desde que aterrizara por primera vez en Némesis su imponente guardia nunca se había separado de su lado ni la había desobedecido, a no ser que alguien atacara a la chica por la espalda. Cosa que casi nadie intentaba, ya que todos lo sabían.

Que un león de pelaje más oscuro que cualquier noche de Némesis guardaba a la lista Serena.

Ya no quedaba nadie en la ciudad, salvo los que llegaban nuevos, que no hubiera oído hablar de la chica del león negro.

Serena ya conocía muy bien Némesis. Más de dos años de incursiones casi diarias le habían dado un conocimiento privilegiado de la ciudad, por no hablar de la información que había extraído de los diarios de su padre. Había recorrido la zona neutral casi al completo. Conocía demasiado bien las calles de edificios semiderruidos, ruinosos y casi todos ellos vacíos, los sucios monumentos que en muchas ocasiones representaban a los distintos Delirantes. Había compartido espacio con las gentes que se pudrían en las calles, ya abandonados a la noche de aquel mundo, y también con los recién llegados, llenos aún de fuerza y curiosidad. Su mente se había hecho a la idea de que existían muchos mundos aparte del suyo, y que de una manera u otra todos desembocaban en Némesis. Sin embargo, también había aprendido una de las reglas no escritas de aquel lugar: casi nadie hablaba de su lugar de procedencia, y preguntar por ello era como invadir la intimidad del otro.

Callejeó unos minutos hasta que salió a una plazuela un poco escondida. Y allí se sentó para pensar.

Había días en los que iba con una misión específica. Otros, como aquel, no sabía muy bien por qué, pero acababa también en Némesis. Odiaba admitírselo a sí misma, pero aquel mundo también había acabado fascinándola, como a su padre.

Aunque se había prometido a sí misma que no dejaría que le hiciera lo que le hacía al resto de los artistas humanos que llegaban a él.

El mundo de lo común.

Serena se resistía a creer que lo común fuera un puñado de pesadillas.

Había visto a pintores haciendo cuadros con colores de neón, invadidos por Locura. Había oído las poesías recitadas en la calle de escritores que habían ido a ver a Culpa. Había comprobado los efectos de Cólera en músicos que aporreaban sus instrumentos, muchos de ellos irreconocibles para ella. Había visto a Pánico, a Celos, a Odio.

Pero quizá lo que más la impresionaban eran los escultores.

Curiosamente, casi todos los escultores, fueran del mundo que fueran, acababan buscando a Melancolía.

El mundo de lo común.

Miró distraídamente al león negro que se había tendido mansamente delante de ella. Este levantó la cabeza y le devolvió la mirada con sus ojos de felino, entre azules, verdes y dorados, que tanto destacaban contra su negro pelaje. Serena suspiró y enterró un momento el rostro en su melena. Allí se quedó un buen rato, sintiendo la respiración entrecortada del gran felino. Estaba cansada.

Quizá fuera la tarde con Pascal o aquel sentimiento de que ya no sabía por dónde avanzar.

Estaba en Némesis porque sabía que allí podía encontrar la clave para conocer el pasado que el chico no podía recordar, o que seguramente había algo en la ciudad que lo ayudara para superar aquel trastorno con el que ninguno de los médicos de la Tierra podía y que los consumía por dentro. Después de todo, su padre trataba a sus pacientes gracias a ese mundo, pero Serena no sabía cómo. En sus diarios no lo decía.

Había investigado por su cuenta todo lo que había podido. Conocía a la perfección cómo funcionaba esa ciudad. Había recopilado montones de información sobre cada uno de los Delirantes. Había estudiado a casi todos los tipos de seres no humanos que frecuentaban la ciudad. Conocía los grupos, los negocios, las alianzas, las fuerzas ocultas de la ciudad. Pero de Pascal no había encontrado ninguna pista. Y de su padre…

Una vez había hablado con un hombre viejo que, a pesar de frecuentar Némesis, aún no había caído en las garras de ningún Delirante. Se había atrevido a preguntarle directamente por Hugo. Y el hombre la había mirado recelosamente y había siseado: «¿El Ladrón?».

Serena no había querido continuar con esa conversación. Pero a lo largo del tiempo había oído pronunciar el apelativo de «el Ladrón» en varias ocasiones, casi siempre entre susurros y miradas cautelosas.

Nadie sabía qué había robado. Nadie sabía exactamente su historia.

O nadie quería contársela. Aquella ciudad era una mezcla curiosa de chismes y secretos increíblemente bien enterrados.

Serena se preguntaba a menudo si lo que había robado Hugo a Némesis era el chico al que amaba. Pero, a pesar de que algunos hablaban de Hugo, nunca había oído nada, en sus múltiples paseos, acerca de Pascal.

Y así se encontraba.

Bloqueada.

A veces se preguntaba si lo que podía averiguar en la zona neutral no se había agotado. Si no debería ir a ver a algún Delirante. Más de una vez las ansias de ayudar a Pascal la habían tentado a entrar en las zonas afectadas. Pero su sentido común todavía la prevenía contra ello. No sabía si lo aguantaría. Y si su mente caía en manos de alguno de los Delirantes, todo acabaría.

Además, sabía con certeza que su figura molestaba mucho a los Siete.

La chica del león negro cuya existencia e inmunidad al Delirio, en cierta medida, los desafiaba.

También, como un fogonazo, pasó por su mente que le quedaba otra alternativa. O algo así. Pero todavía no se había atrevido a ponerla en práctica, aunque se comenzaba a preguntar si ese no sería el momento. Demasiado tiempo sin hacer ningún progreso. Serena temía, en cierta medida, que eso la volviera temeraria, le hiciera tomar riesgos innecesarios. Por eso pensaba muy bien cada paso antes de decidirse a darlo. No tenía sentido ayudar a Pascal si ella sufría algún daño irreversible por ello. Némesis era un lugar peligroso, y la chica era valiente, pero no alocada.

Suspiró. Notó que su león se tensaba y le pasó una mano por encima, calmándolo. Solo se permitía esos momentos de debilidad cuando nadie podía mirarla. En aquel momento, ya fuera por la tarde cerca del dolor de Pascal, ya fuera por el eterno retorno del recuerdo de su padre, ya fuera porque parecía que había agotado todos los caminos posibles, necesitaba parar.

Y se sentía culpable por ello. Ella debía ser fuerte. Pascal dependía de que ella fuera fuerte.

Levantó la cabeza.

—Y ahora ¿qué? —susurró.

El león la miró, con aquellos ojos que Serena había aprendido a leer mejor que los de cualquier persona. Parecía preocupado. La chica sonrió.

—Menudo par de idiotas estamos hechos, tú y yo. Yo porque lo soy, y tú porque lo sabes y, aun así, me sigues.

El león bufó.

—No te quejes. No haberte buscado a una dueña con tan poca cordura. Aunque, bien pensado, quizá los Delirantes no puedan alcanzarme porque ya estoy un poco loca.

El animal sacudió la cabeza. Serena sonrió dulcemente y, con ansia pacifista, le acarició uno de los dos lados de la cara. Luego le rascó por debajo de la barbilla, hasta que sintió que el animal se relajaba.

Pero aquello duró poco tiempo.

Primero fue el felino el que levantó la cabeza y tensó los músculos de las patas. Serena también reaccionó poniéndose de pie y aguzando el oído, a pesar de que sabía que nunca lo tendría tan sensible como el del animal. Se quedó así, de pie, escuchando, esperando que la suave brisa nocturna le trajera algún sonido o que alguien apareciera por alguna de las callejuelas que daban a la plazuela que Serena y su león habían convertido en un improvisado refugio.

Al final la chica pudo escucharlo, proveniente de la calle que estaba justo enfrente de su posición. Voces. No parecían estar acercándose, pero, aun así, ella decidió ir a su encuentro y echó a andar. El león, sin hacer ningún ruido, la siguió diligentemente.

Sin llegar a doblar la esquina, para no dejarse ver, la chica se asomó con cautela. Allí estaban. Por suerte, ninguno de ellos la miraba. Eran tres: un hombre y una mujer que, por sus ropas, Serena reconoció como de su propio mundo. La sorprendió verlos juntos y tomados de la mano, ya que normalmente en Némesis aparecían individuos aislados. El tercer miembro del grupo era algo distinto. Gracias a su túnica gris claro y a las dos rayas verticales, de los párpados inferiores hasta ambos lados de la mandíbula, que le surcaban el rostro, Serena pudo reconocerlo.

Aquellos eran los atributos de los Enlaces de Culpa.

Que un Enlace se apareciera delante de Serena solo podía conllevar una cosa: su descanso y su tiempo de dudas se habían acabado.

—¿Cazando incautos, Enlace?

A los tres les faltó tiempo para dejar su conversación y volverse. Se quedaron callados cuando vieron al león negro aparecer detrás de Serena y ponerse delante de ella en actitud defensiva, soltando un pequeño bufido. La chica observó, con satisfacción, cómo el Enlace intentaba a duras penas ocultar su temor.

Nadie conocía qué buscaba Serena en Némesis, pero sí su pasatiempo favorito: sabotear a los Enlaces.

Sencillamente, cualquier cosa que tuviera que ver con los eternos enemigos de su padre, los Delirantes, la repugnaba. Todo el sistema de tratos. Cómo jugaban con la cordura, cómo se cobraban las mentes de unos ilusos desesperados como aquella pareja que tenía delante…

Y precisamente para eso los Delirantes, o al menos la mayoría, tenían Enlaces. Era su forma de captar posibles víctimas en esa cadena de Delirios que cada vez se parecía más a un negocio macabro perfectamente montado. Los Enlaces buscaban posibles víctimas para convencerlos de consumar un trato con su señor, a veces, incluso, se ofrecían para ayudarlos a atravesar las zonas afectadas y les garantizaban que llegarían en perfectas condiciones ante el Delirante en cuestión.

O, como Serena solía pensar, los señores de Némesis se aseguraban así de no perder a una víctima por el camino.

Sintió que, por momentos, su rabia crecía. Los Delirantes representaban aquello contra lo que su padre, Pascal y ella misma luchaban. Y, por otra parte, no habría tenido que ser muy lista para saber qué podía haber ocurrido detrás del suicidio de Hugo.

Aún le quedaban muchas piezas de la historia por encajar, pero mientras tanto había tomado la determinación de impedir que los Delirantes hicieran cuantos más tratos mejor. Aunque con ello se jugara despertar su ira. Aunque, como su padre, se jugara la vida. Y es que, además, ella, como artista que era, detestaba aquel método de aprovecharse de la desesperación por crear y la falta de inspiración. Y despreciaba a aquellos que creían que solo se podía componer gracias al Delirio.

El arte era acerca de crear, no de destruir. No de arruinarse a uno mismo. Para Serena, el arte era la vida que ella quería, su esperanza, lo que realmente tiraba de ella, incluso en sus momentos más bajos. El arte y la esperanza iban unidos. No tenía sentido entregar la segunda a cambio del primero.

Miró a la pareja. Sus manos, a pesar del miedo, no se habían separado. Sintió algo de envidia por ello. Cuántas veces Serena había deseado tener a Pascal a su lado en Némesis.

—¿Qué esperabais haciendo negocios con esa alimaña? —les preguntó con agresividad.

Fue la mujer la que respondió.

—Que por fin nuestro trabajo sea reconocido.

Así que era eso. Dos hambrientos de éxito. Serena se preguntó qué demonios hacía salvándolos. A veces tenía que obligarse a recordar la devoción hacia los demás que había caracterizado a su padre, porque ella sentía que con el tiempo aquel mundo le iba endureciendo el alma.

Suspiró, entre cansada y malhumorada.

—Marchaos.

—Pero… —intentó replicar el hombre.

—Marchaos antes de que decida que pierdo el tiempo ayudándoos. Y pobres de vosotros si vuelvo a veros hablando con un Enlace. De hecho, os recomendaría que no volvierais a pisar Némesis.

Se enfrentó a los dos con una mirada inflexible. Al final, la pareja pareció entender y se marchó rápidamente en la dirección por la que había entrado Serena, no sin rodear con cautela al león negro que bufaba de vez en cuando en tensión.

La chica se volvió entonces hacia el Enlace, que la miraba furiosamente.

—¿Crees que los ayudas, chica del león negro?

Ella lo miró con desprecio.

—¿Lo haces tú? —escupió.

—Somos mi señora y yo los que les damos lo que ellos desean.

—¿El qué, Enlace? ¿Una vida desgraciada, si es que sobreviven al trato? ¿Un éxito que luego se darán cuenta de que es falso? ¿Qué les dais? ¿Que pierdan la cabeza?

El león gruñó y flexionó un poco las patas, notando la descarga de ira inminente de su dueña. Pero no se movió de su lado. Serena le puso una mano encima.

El Enlace frunció el ceño.

—Y ¿qué harás, muchacha? ¿Le dirás a ese animal tuyo que me mate? Porque yo no voy a parar de hacer lo que hago.

Serena dudó.

Observó a su adversario. Parecía humano, pero ella sabía que no lo era. Hugo decía en su diario que los Enlaces no envejecían nunca y no tenían compasión, por lo tanto, no podían ser humanos.

Por un momento lo consideró. Levantar la mano y dejar que su león negro saltara sobre el servidor de Culpa. Sabía que cualquier cosa que deseara su animal la haría real. Cualquier cosa que se imaginara. Era como si respondiera a su mente.

No hubiera sabido decir por qué, pero se contuvo.

Se acercó al Enlace con pasos lentos. El animal la acompañó, cerniéndose de forma amenazadora.

—No vuelvas a aparecer delante de mí —dijo.

El Enlace le devolvió la mirada, impasible.

—¿O qué?

—O te mataré.

—Y ¿tú qué ganas con ello, chica del león negro?

Serena se quedó callada. Él aprovechó su duda para continuar.

—Los Siete están muy interesados en ti, muchacha. Una chica que lleva tanto tiempo apareciendo por Némesis, que viene casi compulsivamente, y que, sin embargo, nunca ha acudido a ellos. «¿Qué quiere la chica del león negro?», se preguntan. «¿Por qué sigue aquí?»

Por la cabeza de Serena pasó una imagen de Pascal y su mirada triste aquella tarde.

El Enlace retrocedió un paso, pero sin perder la expresión burlona.

—Los Delirantes, serviciales como son, solo desean poner tu sueño en la palma de tu mano. ¿Qué buscas, Serena? ¿Qué deseas?

Antes de que la chica reaccionara, se alejó de ella y de su león, andando como si no hubiera ninguna amenaza a su espalda. Dejó aquella pregunta tras él, flotando en el aire. Y ella no tuvo las fuerzas necesarias para perseguirlo.

¿Qué deseas, Serena?

EL CHICO DE LAS MIL LUCES

Tú, que sufres en la noche,
tú, que no puedes encontrarte,
tú, mi Prometeo, tú, mi fuego,
mira hacia el este,
siempre hacia el este.

¡No te rindas, no te rindas!

El amanecer está cerca,
oye el cantar de los vientos.
Sé que es muy dura la espera,
sé que es muy duro el lamento.

Se acerca nuestro mañana,
compensará su demora.
Pero hoy, hoy lucha, hoy sangra;
por esta noche, por ahora.

¡No te rindas! ¡No te rindas!

Te espera un cielo, una vida
en cada uno de tus instantes.
Óyelo venir, mi amor. Un futuro,
un mañana, un tesoro. Óyelo.

¡No te rindas, sigue adelante!

Y cuando duela, cuando caigas de bruces,
escucha y siente, alegre, mi canción.
Sí. Estaré a tu lado a cada paso.
Sí. Eres el chico de las mil luces.*

* El autor de este poema es Gonzalo García Arahuetes.

CAPÍTULO V

Serena.

No es justo, pero como todos los amantes eres ciega. Tú no tendrías por qué estar dándolo todo por él. Nadie te ha pedido que le sacrifiques nada. Aunque sé que te da igual lo que sea que se te exija a cambio de tu deseo.

Because love by its nature desires a future.

Tu Pascal, en toda su bondad, es bastante cruel. Por exigirte que se lo des todo. Pascal. La mirada dura y los labios llenos de preguntas y el corazón de cristal y un bosque danzando a su alrededor y una melodía de piano triste acompañándolo a todos lados. Sus gestos son conmovedores. Su rostro es un atardecer que no acaba. Es a Pascal a quien rodean los fantasmas. Y no siempre puede tenerte de escudo, Serena. Alguna vez tendrá que levantar los ojos.

Alguna vez tendrá que responder.

Y tú ¿qué crees, intruso? ¿Qué te parece nuestro héroe invisible? ¿Nuestro chico bañado en luz blanca?

Él también tiene fuerza. Aunque quizá lo ha olvidado. Aunque quizás ha preferido olvidar.

Lo sé, intruso.

Juzgar desde arriba no parece muy justo. No creas que soy indiferente. No creas que no me preocupo.

Así que esta es la situación. La chica del león negro, ya casi una leyenda en Némesis, está perdida. Y parece que su deseo ya no tira tanto de ella como antes, al menos no lo suficiente para saber qué hacer a partir de ahora. Qué camino tomar. En eso ella y yo nos parecemos. Y los Delirantes, de alguna manera, están más pendientes que nunca de sus movimientos.

Pero esta misma noche está ocurriendo algo de lo que ella no tiene ningún conocimiento. Es la segunda vez que pasa, pero ahora es cuando me he dado cuenta de que puede tener una gran importancia. Estoy preocupado.

Vamos a asomarnos, intruso.

Pero chitón.

Pascal está soñando.

CAPÍTULO VI

Pascal no podía dejar de preguntarse por qué todos los relojes que colgaban de las paredes de aquel inmenso salón estaban parados. Los había de todos los tipos: grandes y anticuados, de madera, metal o incluso de arena, con los números normales o algún tipo de símbolo. Pero ninguno funcionaba. Incluso en aquellos que no tenían un segundero, Pascal sabía que no avanzaban.

Uno de ellos tenía las manecillas rematadas con dos ojos abiertos. Cuando Pascal lo observó, se atemorizó al ver que se trataba de dos ojos humanos, con párpados y pestañas. Parpadearon y devolvieron la mirada al consternado chico.

Todos los relojes marcaban las 4:48.

Sin saber por qué, Pascal sintió que el miedo lo atenazaba. Pero la sala, aparentemente, no tenía ninguna salida. Se dio la vuelta, buscando una puerta, pero estaba completamente cerrada.

Ante la falta de alternativas, el chico se acercó al centro, donde había una mesita con patas de metal. Se inclinó para ver lo que había encima. Se decepcionó al observar que se trataba de un único objeto: una pequeña campana, no más grande que su mano, hecha de cristal. Por puro instinto, Pascal la tocó un par de veces. Se sorprendió cuando de la campana de cristal no surgió un tañido, sino el sonido de un sollozo cada vez que la movía.

Lo peor fue cuando la acercó a su rostro para examinarla. Observó horrorizado que en el lugar del badajo había una persona, una mujer rubia en miniatura colgada del revés. Era su cabeza lo que golpeaba contra el cristal cada vez que se agitaba.

La mujer miró con ojos llorosos a Pascal. Este, horrorizado, volvió a dejar la campana en su sitio y retrocedió un par de pasos de la mesa.

Tropezó con algo grande y caliente.

El chico se dio la vuelta. Un enorme perro negro, con la lengua colgando, le devolvía la mirada. No sabía cómo había aparecido en la habitación, y eso solo hizo que su miedo se incrementara. Y observarlo le provocaba otro sentimiento extraño. Se parecía mucho a un vacío, a la falta de algo, como si supiera que había perdido algo aunque no pudiera decir muy bien el qué. Y eso lo ponía nervioso. Sentía que la presión en su pecho crecía y que solo podía respirar superficialmente.

Miró al perro. Este seguía en la misma posición.

Entonces Pascal tuvo una corazonada y dio un paso a su izquierda. El animal, como si de su reflejo se tratara, realizó el mismo movimiento. Se situó nuevamente frente a él. El chico volvió a probar. Dos pasos a su derecha. Nuevamente, el perro replicó con exactitud sus movimientos.

Pascal, de repente, echó a correr hacia la otra punta del salón. Pero fue inútil.

El perro lo persiguió hasta que él se paró.

Y Pascal sintió una indescriptible desesperación al darse cuenta de que no podía liberarse de él. De que lo seguiría allá donde fuera.

Se echó a llorar.

—¿Por qué me persigues? —le gritó al perro negro.

El animal lo miró. Pero entonces sus ojos empezaron a cambiar. Y su altura comenzó a aumentar. El chico asistió asombrado a la metamorfosis del animal, que se convirtió en una mujer de cabello muy negro cuya única vestimenta la constituía un vaporoso pañuelo rojo con el cual envolvía su cuerpo.

La mujer parpadeó. Y Pascal se dio cuenta, aterrado, de que sus ojos se habían convertido en cristal. Concretamente, en espejo. El chico pudo ver su rostro congelado en un rictus de terror reflejado en ellos.

Entonces ella habló.

—¿Que por qué te persigo? —preguntó. Su voz parecía muy lejana, como si en verdad no proviniera de su garganta—. Porque tú me perteneces… Pascal.

El chico comenzó a gritar de puro terror. Gritó, gritó y gritó hasta que todos los relojes de la sala, esos relojes parados que marcaban las 4:48, estallaron. Pero la mujer solo se reía. Con unas sonoras carcajadas que sonaban a desesperación. Pascal gritó aún más alto, pero no consiguió que aquella risa diabólica dejara de resonar en sus oídos.

Todavía siguieron allí un buen rato, incluso después de que el chico despertara bañado en sudor.

Aún tenía restos de la inquietud que le había provocado el sueño cuando fue al instituto a ver a Serena, justo a la hora de comer. Su padre lo había mirado con preocupación al salir de casa, pero, como siempre, no había puesto ninguna pega. Pascal siempre agradecía que intentaran controlar sus ansias protectoras para que él se sintiera cómodo, así que le dirigió una sonrisa llena de cariño antes de cruzar la puerta.

Le había costado horrores decidirse a salir. Se había quedado un buen rato en la cama, sin acabar de tomar la iniciativa, intentando concentrarse y dar el paso. Solía pasarle. Cualquier decisión que tomar, cuando estaba en sus periodos de depresión, parecía un mundo. Pero aquella vez lo había logrado, no sin antes ponerse los cascos con sus canciones favoritas. La música lo ayudaba a dejar de pensar y decidirse a actuar.

Caminó por el borde del pueblo, intentando seguir adelante, siempre adelante. Las pocas personas con las que se cruzó lo saludaron intentando parecer naturales, y Pascal les devolvía una sonrisa educada. Aquella falsa naturalidad solo hacía más presente lo diferente que él se sentía respecto a ellas, pero no se lo reprochaba. No podían entenderlo.

Que hacer algo tan corriente como dar un paseo, charlar o incluso levantarse, consumía todas sus fuerzas día a día.

Y es que en los periodos de depresión todo era para qué. Para qué lo intentas, Pascal.

Conocer bien su enfermedad, conocer los periodos de depresión (que eran bastante más frecuentes) y los de manía, como los llamaban los doctores, no la hacía más llevadera. No hacía que se fuera el sentimiento de frustración al ver que por más días, medicaciones, terapias y psiquiatras que pasaban, nada lo sacaba de allí.

Peor aún, el que seguramente era el único capaz de curarlo ya no estaba. Por eso lo conocían en el pueblo. El último paciente de Hugo. Uno de los pocos a los que no había conseguido ayudar antes de matarse.

Y el novio de Serena, su hija. Aunque a Pascal le seguía provocando un escalofrío oír la palabra «novio». Sonaba demasiado infantil.

Así pensaba, saltando de un tema a otro, mientras paseaba a un lado de la carretera. Centrar la cabeza era especialmente difícil en algunas ocasiones, sobre todo a la hora de recordar cosas. Por suerte, el pequeño instituto estaba cerca de su casa y ni siquiera tenía que atravesar el pueblo para llegar. No era un paseo tan largo como para perderse en sus pensamientos.

Cuando entró en el instituto, el portero lo saludó. Era mediodía. Justo ese momento en el que las aulas empezaban a vaciarse porque había llegado la hora de comer. Notó cómo muchos lo miraban mientras recorría los pasillos llenos de taquillas. Un par de antiguos compañeros suyos de clase levantaron la mano para saludarlo, aunque por suerte no se pararon a hablar con él.

Al llegar al pueblo Pascal había ingresado en el instituto, pero no había durado mucho allí. El médico había aconsejado a sus padres que por el momento era mejor que no asistiera a clase y desde entonces el chico había seguido sus estudios desde casa. Él no lo había lamentado mucho, porque no le gustaba el instituto. Pero haber estudiado allí tenía sus ventajas. Sus familiares, profesores y el resto del personal lo dejaban entrar cada vez que quería, y algún día a la semana, como ese mismo, Pascal solía ir a comer con Serena.

Fue rápidamente al lugar en el que la chica ya lo estaba esperando, delante de su taquilla. A ella se le iluminó la cara al verlo, y Pascal sonrió. Por una vez, el para qué que resonaba en su cabeza enmudeció.

—Estás guapísima —le dijo nada más verla, dándole un beso en la mejilla.

Serena miró con extrañeza su camiseta, sus vaqueros y sus deportivas.

—Mentiroso.

—Tienes que dejar de rechazar mis piropos, porque no voy a parar de echártelos.

Rieron los dos y se encaminaron hacia las mesas en el exterior, en las cuales los alumnos solían reunirse para almorzar. Pascal, haciendo un esfuerzo, pasó un brazo por la cintura de Serena. Aquellos gestos de cariño no le salían naturales cuando se encontraba mal, pero solía intentar forzarse un poco a ello por la chica.

La miró. Parecía normal, incluso moderadamente contenta. Como si esa noche no hubiera hecho nada fuera de lo normal.

Se sintió culpable.

Para él un pequeño gesto era un esfuerzo, mientras que Serena se lo jugaba todo casi cada noche y ni siquiera le daba importancia. A veces el chico maldecía su impotencia, el hecho de serle inútil.

Hacía falta más valor para dejarse ayudar por la persona a la que querías que para hacerlo por ti mismo.

Se sentaron a una mesa. Pascal se sintió un poco incómodo porque se encontraba en el centro de ese espacio abierto, estaban rodeados de gente y eso lo exponía demasiado para su gusto, pero se controló. Si actuaba con normalidad, si dominaba sus emociones, no ocurriría nada.

Empezó a sacar cosas de la bolsa que llevaba.

—Hoy mi padre tenía un punto exótico —le anunció a Serena—. Así que nos ha preparado *sushi* y unos maravillosos fideos con salsa *teriyaki*.

A la chica se le iluminó el rostro de alegría.

—¡Comida japonesa! —dijo entusiasmada.

—Tu favorita. —Pascal le pasó un par de palillos y los fideos.

Los primeros bocados los dieron en silencio, saboreando la comida.

—Dile a tu padre que es un genio y que para cuándo pone el restaurante, porque yo sería su mejor cliente.

Pascal rio.

—Se lo diré, pero ya lo sabe. No hace más que presumir de su comida.

—Podría darle un par de clases a mi madre.

Siguieron comiendo, disfrutando de los sabores. Serena alargó el brazo para comenzar con el *sushi* que Pascal había puesto enfrente de él. El chico le había pedido expresamente a su padre que lo hiciera de salmón, porque sabía que era el que más le gustaba a ella.

—Hoy el profesor de lengua me ha llamado a su despacho. Quería hablar conmigo.

Serena lo dijo mientras comía, con actitud relajada, pero algo en su tono de voz le indicó a Pascal que aquello le importaba y que no se trataba de un mero comentario trivial.

La dejó continuar.

—Me ha dado información sobre un concurso de escritura, uno de novela. El premio es bastante bueno y, además, publican la novela en una gran editorial. Tiene límite de edad, es solo para jóvenes, así que la competencia es menos dura. Había imprimido las bases y todo porque dice que cree que tengo posibilidades.

Se quedó callada. Pascal sonrió y, extendiendo el brazo para alzar levemente la barbilla de la chica, la obligó a mirarlo a los ojos.

—Serena —le dijo—. Tienes que participar.

—No he escrito novelas tan buenas.

—Pues trabaja en otras. Tienes millones de ideas apuntadas en tus cuadernos, que lo he visto. Selecciona la que más te guste y comienza.

—Pero…

Calló al ver la mirada de Pascal.

—No tienes excusa. Lo sabes —le recriminó suavemente el chico.

Serena suspiró.

—Lo sé —respondió—. Es solo que me da miedo.

—¿Te da miedo a ti, Corazón de León?

La chica se echó a reír.

—Eso me temo.

Pascal la miró fijamente y desplazó su silla para sentarse justo a su lado. En algunas cosas él era incapaz de ayudarla, pero, quizá precisamente por el tipo de trastorno que tenía, cuando estaba calmado era bueno encontrando las palabras que ella necesitaba, ya fuera para calmarse o para animarse.

Y entonces era uno de los pocos momentos en los que sentía que merecía estar con ella.

—Es tu sueño —empezó—. Siempre me hablas de lo mismo. Que quieres una vida escribiendo, creando, siendo libre. Que crees que un sueño como ese hay que vivirlo y que no puedes esperar a acabar los estudios. Que lo quieres y lo quieres ahora. Te han dado una oportunidad de oro con ese concurso. Y tu profesor tiene razón: tienes posibilidades.

La expresión de Serena iba iluminándose a medida que Pascal hablaba, y él no pudo sino sentirse cohibido al finalizar su discurso. Siempre se sentía un poco de esa manera cuando la chica mostraba tan abiertamente sus sentimientos, y en aquel momento los ojos de Serena estaban llenos de amor. Entre feliz y avergonzado, bajó la mirada.

—Tienes razón —dijo ella—, es mi sueño. Escribir y que tú te cures. *Because love by its nature desires a future.*

Como siempre, era sincera. A veces dolorosamente sincera.

Pero Pascal la quería a rabiar.

—Pídeme todo lo que quieras. Me encantará ayudarte —comentó.

—Oh, vas a volver a ser mi lector esclavo. Eso no lo dudes —respondió ella con una suave risa—. Escribiré una historia increíble. Haré algo que los deje asombrados. Y lo haré yo. Sin trampas, sin ayudas, sin más mecanismos que el del trabajo duro y la creatividad.

A Pascal no se le pasó por alto el tono de reproche que apareció en las últimas frases de la chica. Imaginó qué había detrás de ellas.

—Sin tratos con monstruos —concluyó, en voz más baja.

Serena lo miró, repentinamente preocupada.

—Pascal…

—No te preocupes —la tranquilizó—. Estoy bien. A mí tampoco me gustan. Entiendo que desprecies a los que hacen tratos.

Pero eso no hizo que Serena se calmara. Pascal pudo leerlo en sus ojos. Sabía que a ella no le gustaba hablar de Némesis con él y, de hecho, solía mantenerlo al margen. Pascal había leído los diarios de Hugo y, cuando Serena había comenzado a explorar aquel mundo, había escuchado todas sus explicaciones y sus descripciones. Sin embargo, poco a poco la chica fue contándole menos y menos, hasta el punto de que ya sabía fingir que aquella doble vida que llevaba casi no existía. Y eso lo inquietaba, pero tampoco quería presionarla para que hablara.

Después de todo, él no podía ayudarla. Por mucho que lo deseara. Alguien como él nunca podría ayudarla.

Aun así, se atrevió a preguntar.

—¿Va todo bien… allí?

Serena le devolvió la mirada, un poco incómoda, pero respondió.

—Sí —contestó—. No ha pasado nada digno de mención. Ni para bien ni para mal.

Pascal no supo si alegrarse o no.

—¿Entonces esta noche sí podrás venir a cenar? —preguntó con una sonrisa forzada.

—No creo, cariño. He estado pensando en clase y se me ha ocurrido algo que puede sacarme de esta inmovilidad. Iré a probar.

—Serena… ahora vas casi todas las noches.

—Si te preocupa que no descanse, estate tranquilo —dijo ella—. Ya conoces la trampa del tiempo. No me como muchas horas de sueño.

—No es eso.

Iba a continuar con sus quejas, pero vio el rostro de la chica y lo pensó mejor. Eso no era lo que necesitaba.

Y, a pesar de todos los estudiantes que los rodeaban y de todo lo que llevaba dentro que le hacía daño, se inclinó hacia Serena, su fuerte y preciosa Serena, y la besó en los labios.

CAPÍTULO VII

De una manera o de otra, aquel beso se lo recordó a ambos.

Su historia.

Suya y de nadie más.

A la hora de la comida, Hugo se había acercado a Serena con una sonrisa despreocupada y le había preguntado, sin darle mucha importancia, si quería acompañarlo a hacer una visita al nuevo chico que se había instalado con los vecinos. Hacía diez días desde la primera noche, aquella en la que el psicólogo había aparecido con un inconsciente Pascal y lo había llevado al hospital. Desde aquel momento Serena había sentido mucha curiosidad por el muchacho, al que tan solo había visto de pasada. Sabía que se habían centrado en su recuperación, tanto física como, sobre todo, psicológica. Hacía unos pocos días había oído comentar a su padre, preocupado, que el chico había sido diagnosticado con trastorno bipolar y que iba a hacerles una tarifa hiperreducida a sus padres adoptivos para la terapia. Cuando Hugo le propuso visitarlos, Serena no se lo pensó dos veces. Tenía que conocer a ese chico que tanto parecía importar a su padre.

Por el camino le hizo algunas preguntas a Hugo, pero este, con su sempiterna sonrisa, le dio respuestas vagas. Al final Serena desistió, pensando que tendría que esperar a tener delante al chico en cuestión. Intentaba, sin mucho éxito, no estar nerviosa. La perspectiva de hablar con alguien desconocido siempre la inquietaba. Hugo solía reírse de ella por eso.

Llegaron a la casa de los vecinos dando un paseo relajado, como era propio de aquella temprana hora de la tarde. El padre adoptivo de Pascal, Franz, estaba cuidando el jardín y corrió a abrirles. Los recibió efusivamente, agradecido, como siempre, de la visita de Hugo, y los invitó a pasar al interior con su esposa y su hijo.

Fue en aquella moderna sala de estar donde Serena vio por primera vez a Pascal.

Era un chico moreno, de estatura mediana, pelo negro y despeinado, ojos que habrían sido cálidos de no ser por la sombra que los cruzaba. Cuando entró, levantó la mirada ligeramente para observar a los dos visitantes. Sonrió levemente a Hugo, que no vaciló en ir a sentarse a su lado.

—Mi hija —dijo el psicólogo señalando a Serena—. Por desgracia para ella se parece demasiado a su padre. Creo que me casé con Lisa solo para que alguien compensara mis genes. Así al menos salió tan guapa como su madre.

Sin saber muy bien por qué, Serena sintió cómo sus mejillas enrojecían.

—¡Papá!

—Como si fuera mentira. ¿Tú qué crees, Pascal?

El muchacho puso sus ojos sobre Serena, y ella se sintió aún más cohibida. Al final, en la cara de Pascal acabó apareciendo una leve, aunque sincera, sonrisa.

—Me alegro de conocerte por fin —dijo.

Serena puso cara de fastidio.

—Seguro que el pesado de mi padre te ha echado la vergonzosa y aburrida charla sobre lo orgulloso que está de su hija.

—Y ¡cómo no! —rio Hugo.

—No te creas nada de lo que dice —le advirtió la chica a Pascal. Este se encogió de hombros, divertido.

—El médico siempre manda, me temo.

Hugo aplaudió esta afirmación mientras que el padre de Pascal aparecía trayendo una cafetera, tazas para todos y un plato con un surtido de dulces improvisados, sobre el cual el padre de Serena no dudó en lanzarse.

La tarde transcurrió tranquila. Hugo parecía desear que la conversación fluyera naturalmente, y la chica notaba que su padre realizaba todos los esfuerzos posibles para que todos se sintieran cómodos. Ella también puso de su parte todo lo que pudo. Sin embargo, a nadie, y menos a ella, pasó desapercibido el silencio de Pascal. El muchacho tan solo pronunciaba comentarios aislados y sonrisas educadas, y parecía estar ausente. Serena lo pilló varias veces mirando ensimismado hacia las ventanas. En un par de ocasiones, sin embargo, también sintió sus ojos dirigidos hacia ella.

Llegó a preguntarse cuánto de lo que llevaba dentro aquel chico dejaba ver en su expresión.

Su padre nunca se esforzaría tanto por alguien que no necesitara ayuda.

Pascal era todo preguntas para ella, preguntas que su padre, en todos los días que el chico llevaba en el pueblo, no había querido responder y a las que ni el propio muchacho podía contestar. Y a Serena esto la intrigaba, pero también le dolía. Sentado en el salón de ese lugar al que se había visto obligado a llamar casa, aquel chico parecía tan… frágil. Tan incompleto.

Se sorprendió a sí misma por estar pensando así y, casi a regañadientes, tuvo que reconocer que Hugo tenía razón cuando afirmaba que había salido a él.

No tardaron mucho en irse. Hubo un momento en el que Hugo y Franz salieron a hablar al jardín, y Serena adivinó, por los gestos de agradecimiento del segundo, que su padre se había ofrecido a llevar el tratamiento de Pascal por su habitual ridículo precio. Luego, seguramente, ni siquiera les cobrara la mitad de las sesiones. Su padre era así, despreciaba el dinero. Solía decir que no se podía hacer negocio cuando se trataba de personas.

Hugo volvió a entrar en la casa seguido de un feliz Franz. Y le hizo un gesto a su hija indicando que debían volver a casa.

—Tampoco te despidas por mucho tiempo —dijo—. Mañana Pascal empieza las clases en el instituto. Y ya lo verás por casa.

Serena se giró hacia el chico.

—Espero que te hayas mentalizado… para las dos torturas.

—Yo también —respondió Pascal. Y esta vez sí, sonrió abiertamente—. ¿Cuento con tu ayuda?

Ella, sin saber muy bien por qué, se sintió feliz al escuchar esa pregunta.

—¡Por supuesto!

A la mañana siguiente, sin embargo, el chico no parecía necesitar ayuda. Más bien todo lo contrario.

Hugo ya había advertido a Serena: «Los cambios de humor de Pascal siguen lo que se suele llamar ciclos rápidos. Así que no te extrañes si, de un día para otro, o incluso en periodos más cortos de tiempo, parece una persona completamente distinta». Así que la chica estaba sobre aviso, pero no por eso dejó de sorprenderse.

Iba paseando por un pasillo, durante un descanso de clase, cuando Pascal se le acercó corriendo.

Lo primero que le llamó la atención fue la decisión de sus gestos. Lo segundo, el brillo en sus ojos. Lo tercero, su sonrisa, un poco desafiante con el mundo, un poco escondiendo cosas que el resto no sabía, un poco de disfrute y de sentirse superior. Ese tipo de sonrisa. Pascal aquel día despedía un aura de seguridad desmesurada, y a Serena no se le pasó por alto que muchos se giraban para mirarlo. Entendía por qué. Era «ese» tipo de persona.

Intentó no sentirse pequeña al ver cómo se acercaba. Lo consiguió cuando pensó en lo que había detrás de eso, una enfermedad mental, y en que el chico mismo deseaba no sufrir aquellos cambios tan repentinos e incontrolables para él mismo.

Así que le devolvió el saludo cuando llegó a su altura.

—¿Qué tal el primer día?

Pascal sonrió aún más ampliamente.

—Parece sencillo —respondió.

—¿La clase, la gente, los profesores…?

—Todo perfecto. Ya tengo ganas de ponerme a estudiar y de conocerlos a todos. Me he motivado.

Al decir esto miró a Serena fijamente. Y algo en el interior de la chica se revolvió a su pesar.

Su padre se lo había dicho casi como una broma: «Y cuidado con el chico cuando lo veas eufórico. Ya sabes que los periodos de manía en un trastorno bipolar se caracterizan a veces por la hipersexualidad, ¿no?».

Se sintió incómoda. Pascal la miraba demasiado abiertamente como para no hacerlo.

—¿Pasa algo? —preguntó Pascal, con un tono casi burlón.

—No. Lo siento. Estaba en mi mundo.

—Un buen sitio para estar.

Serena pasó por alto aquel comentario.

—Ahora tengo clase —dijo—, pero si quieres, te veo a la hora de la comida y te enseño un poco el instituto. Sé que el primer día puede ser lioso y que es fácil perderse. ¿Qué te parece?

—Perfecto —respondió Pascal.

—Entonces nos vemos a esa hora. Mucha suerte con las clases que te queden.

El chico sonrió.

—Como si la necesitara —repuso.

«Yo sé que sí», pensó Serena mientras observaba cómo se alejaba.

A la hora de la comida, en cambio, el chico no apareció. Serena lo esperó durante un buen rato, pero no llegaba. Estuvo a punto de ir a comer por su cuenta, pero algo en su interior la hacía preocuparse, y decidió buscarlo. Miró por todos lados. No estaba en ninguna parte.

Al final lo encontró, sentado encima de un pupitre de un aula vacía, con las luces completamente apagadas.

Cuando vio entrar a la chica, levantó el rostro para mirarla. Y Serena pudo ver que sus ojos estaban inundados por las lágrimas.

—¿Tú sabes por qué me siento así? —le preguntó con la voz cortada.

Ella, incapaz de darle una respuesta, corrió a abrazarlo.

Desde entonces estaban juntos casi cada día. En las clases. En las consultas. Por el pueblo.

Hablaban.

Poco a poco Serena fue entendiendo cómo funcionaba el trastorno de Pascal. También vio cómo mejoraba gracias a las pastillas y a la terapia de su padre. Al menos comenzó a ver cambios menos dramáticos, aunque el chico tenía sus rachas.

Y Pascal también conoció a Serena.

Ella se acabó abriendo del todo a quien menos lo esperaba. Todavía se acordaba de la primera vez que le dejó leer algo suyo. Se lo llevó a clase y esperó ansiosa su reacción, mientras Pascal leía atentamente sentado en la escalera de la entrada.

Le habló de su sueño. De lo que a ella más la obsesionaba: el futuro.

Empezó a sentir el dolor y la lucha interna de Pascal como suya propia. Pero también aprendió a conocer quién era él más allá de sus trastornos. Comenzó a ver su bondad. Su empatía hacia los más débiles. Cómo captaba detalles que al resto se le pasaban por alto. Cómo gestos aparentemente ridículos lo hacían feliz. Pero también su inseguridad. Sus dudas. A veces el egoísmo, o la rabia, o algo que ella no sabía definir muy bien, pero que le hacían pensar que el mundo lo trataba injustamente.

A Pascal le gustaban los días soleados y ver el contraste del verde de las hojas contra el cielo azul.

A Pascal la comida rica lo hacía feliz.

Pascal podía pasarse horas y horas descifrando los miedos y los deseos de los personajes del libro que se estuviera leyendo.

Los apuntes de Pascal siempre estaban llenos de ojos y bocas que dibujaba una y otra vez, como queriendo captar cada detalle.

Pascal no soportaba ver una película triste.

Pascal estaba obsesionado con las ONG.

Pascal a veces no la escuchaba y la sacaba de quicio, pero siempre lo acababa perdonando.

Y así, aquello fue creciendo. Y así, el día en que Serena se encontró pensando en cómo sería acostarse con él y a la vez temiendo que un día lo perdería, tuvo que reconocerse a sí misma que lo quería.

Descubrió que querer a alguien conseguía ponerla triste y darle esperanza a la vez. No pudo callárselo. Sentía que cuando más estaba en silencio, más se desesperaba por las noches.

Se lo dijo con la voz entrecortada y el corazón en carne viva. Se lo dijo en el camino que había entre sus dos casas, al atardecer. Se lo dijo acompañada de un cielo de primavera y una brisa que se resistía a dejar el frío. Se lo dijo temblando. Se lo dijo pensando que aquello era lo menos que él se merecía. Se lo dijo con más miedo del que nunca había recordado tener.

Se lo dijo en un instante de silencio, mientras Pascal levantaba su rostro para mirar al cielo, con la mayor sencillez y sinceridad de la que fue capaz.

—Estoy enamorada de ti.

Pascal bajó lentamente la mirada hasta encontrarse con sus ojos. Serena no estaba preparada para ver lo que vio en su expresión. La tristeza.

La culpabilidad.

—Serena...

No le dejó decir más. Escuchar cualquier excusa, cualquier comentario medido y pronunciado expresamente para hacer el menor daño posible, para no herir sus sentimientos, habría sido insoportable.

—Solo quería decírtelo —lo cortó—. Entiendo todo lo que te pasa, lo que puedes o no hacer y sentir, lo que… no sé, lo entiendo. Y no tienes que responderme ni te estoy pidiendo nada ni quiero que cambie nada entre nosotros. Solo quería decírtelo porque no soporto no ser sincera contigo. Pero prométeme que seguirás tratándome igual y que no vas a dejar de querer verme o hablar conmigo por esto.

En los ojos de Pascal se veía una lucha interna terrorífica. Su silencio desesperaba a Serena.

—Por favor —susurró.

El chico acabó sonriendo levemente.

—Nada va a cambiar.

Y por una vez fue él el que la abrazó a ella, incapaz de reconfortarla.

Algo sí cambió. Serena intentó ignorarlo durante mucho tiempo, pensando que eran imaginaciones suyas. Pero algo era extraño. El ambiente entre los dos había cambiado, y ella no sabía cómo ponerle remedio. Pero no tuvo mucho tiempo para pensar en ello.

A las pocas semanas el cuerpo sin vida de su padre aparecía colgando de una de las vigas de su casa.

No recordaba mucho de aquel tiempo, y tampoco lo deseaba. El recuerdo de aquella tristeza absoluta, sin fondo, sin luz alguna, sin algo a lo que aferrarse, todavía la rondaba como un fantasma. La incredulidad, el llanto, la angustia, la desesperación, el dolor puro, todo a la vez. Apenas durmió.

No hacía nada y no quería ver a nadie que no fuera su madre. Cada cosa que hacía le recordaba a Hugo. Y llegó a pensar que aquello no acabaría nunca.

Pasó todo el entierro llorando en brazos de Pascal, sin importarle el resto de la gente que los rodeaba. Pero luego, los días posteriores, no quiso que la visitara. Pascal, más que cualquier otro, era el recuerdo de su padre. Era su legado. Era lo que su padre había dejado sin acabar en el mundo. Y sabía que eso era injusto para el chico.

Tardó en salir de casa. Tardó aún más en volver a la escuela y si lo hizo, fue, más que nada, por la insistencia de su madre. Serena sabía que si Lisa no se había derrumbado del todo, o al menos si intentaba salir adelante, era por ella. Y acabó por darse cuenta de que lo mejor era intentar continuar. Dar un pequeño paso, aunque le pareciera el mayor esfuerzo del mundo salir de aquel lugar de dolor desgarrador.

Se cruzaba con Pascal en los pasillos del instituto, pero evitaba hablar con él. Volver fue duro, sobre todo por tener que aguantar sola la mezcla de lástima e incomodidad de compañeros y profesores.

Pero una tarde, con una dulce sonrisa, su madre le pasó una carta.

—Es de Pascal —dijo únicamente.

Y dejó sola a Serena, mientras esta abría el sobre y comenzaba a leer:

Querida Serena:

Sabes que no puedo escribir como tú, y que hasta ser sincero y sacar las cosas de dentro de mí me cuesta. Pero esta vez creo que es necesario. Y también te escribo porque, cara a cara, tú tienes mucha más fuerza que yo y acabas por... imponerte. Y esta vez quiero decírtelo todo. Esta vez sí. Así que no rompas la carta antes de acabar de leerla, por favor (por mucho que me lo merezca).

Sé que te he hecho mucho daño. Me he sentido culpable desde el día en el que me dijiste que me querías y yo... bueno, no contesté. Lo cual era lo peor que podría haber hecho, aunque en ese momento me parecía lo mejor. Prometo que estoy intentando remediar mi torpeza, pero todavía tienes que aguantar demasiadas cosas, y lo siento por ello. Lo siento mucho.

Pero estoy dando rodeos. Y mira que juré que no iba a temblarme la mano para escribirte esto.

La verdad es, Serena, que te he querido desde aquellos primeros días, aunque tardé mucho en descubrirlo. Que poco a poco aquello iba creciendo en mí. Que al final no podía dejar de pensar en ti, ni quería. Y eso era tan difícil, Serena, porque querer a alguien cuando te odias a ti mismo tanto como me llego a odiar yo es increíblemente difícil.

Recuerdas esa cita de Sarah Kane, ¿verdad?

Siempre me hablas de ella. Because love by its nature desires a future. Deseaba y a la vez estaba aterrado de que tú pudieras corresponderme. Porque yo no tengo un futuro, Serena. Yo no tengo el futuro que tanto deseas, como ni siquiera tengo un pasado. Lo único que tengo es una enfermedad impredecible, que ningún tratamiento consigue mejorar, una con la que ya me he hecho a la idea de vivir, por desesperanzador que eso suene. Antes creía que algún día se iría, pero ya no puedo.

Y por eso quererte y estar juntos y dejar que me quieras me pareció como... condenarte. ¿Me explico? Tú sabes, mejor que nadie, lo difícil que es estar con alguien como yo. Muchas veces te he hecho daño o te he puesto triste por no saber controlar mi trastorno. Y te juro que, después de esos momentos, me muero. Me muero, Serena. No soporto que estés mal, o preocupada, o infeliz, por mi culpa. Sencillamente no lo soporto.

Es la mejor explicación que puedo darte a por qué callé aquella tarde.

Por favor, recuerda no romper la carta y seguir leyendo. ¿Aunque solo sea porque el papel no tiene la culpa de mi estupidez?

Te preguntarás por qué te escribo esto ahora. Para mí, a veces, tampoco es muy fácil pensar, no con las cosas que «me dice» mi trastorno. O que me hace sentir. Pero estos días he pensado mucho. Veamos. Cosas que he pensado.

1. Que a lo mejor los dos juntos, apoyándonos, podríamos con todo.

2. Que lo valiente es dejar que otra persona te quiera, no apartarla de ti. Entonces, las dos personas bajan sus murallas y dan a la otra la capacidad de hacerles daño. El amor es riesgo y confianza en que ese riesgo merece la pena y en que acabará bien.

3. Prometo que no siempre soy tan cursi. (Dime que has sonreído con esto. Aunque solo sea un poco).

4. Quiero ayudarte. Con todas mis fuerzas.

5. ¿A lo mejor dejar que me quieras es un paso para quererme a mí mismo y eso, a su vez, es un paso para recuperarme?

6. Lo fácil es decir que nunca voy a curarme y apartarte por eso de mí. Lo difícil es decir que voy a recuperarme para poder estar bien contigo.

(Perdona por la lista. Me ayuda a poner mis pensamientos en orden.)

No te voy a negar que la muerte de tu padre ha hecho que me replantee todo esto, pero no quiero que pienses que te lo escribo por lástima, porque te prometo que no es así. Que te quiero. Y que fui un idiota.

Ahora sí, si quieres, puedes romper esta carta y no volver a hablarme (¿demasiado dramático?) o puedes responderme o... no sé. Lo que quieras, en realidad.

Me pongo en tus manos, preciosa. A tus pies siempre he estado.

Te quiere,

Pascal

Y entonces Serena respondió. Su carta apareció en la taquilla de Pascal al día siguiente, mientras el chico recogía los libros para las clases del día.

Oye, Pascal:

¿Cómo quieres que te lo diga?

¿Quieres que te diga que las noches sin ti son castigos?

¿Quieres que te diga que has nacido del sol?

¿Quieres que te diga que seré tus sombras?

Si no puedes ver el futuro, como me has dicho muchas veces que te provoca tu enfermedad, yo te daré el mío.

Estemos juntos, Pascal. Juntos de verdad.

Estoy escuchando *Running up that hill*. La versión de Placebo, por supuesto. Ya sabes lo que dice, ¿verdad?

You and me won't be unhappy.

¿Eso cuenta como promesa? ¿Como agradecimiento de que te hayas arriesgado? ¿Como un «oye, seamos idiotas juntos»?

Yo también te quiero, mi amor. Y si la próxima vez que me veas no me besas tú primero, puede que te lleves una colleja.

Tuya,

Serena

Y así empezó todo.

CAPÍTULO VIII

Serena no le mintió a Pascal cuando le dijo que se le había ocurrido algo que podría hacerla salir del encierro en el que se había metido en Némesis. Era un tiro a ciegas. Ni siquiera se trataba de una idea nueva, sino de algo que llevaba mucho tiempo rondando por su cabeza, pero que antes no se había atrevido a poner en práctica por miedo.

Pero era una de las pocas alternativas que le quedaban. Necesitaba avanzar.

Y con ese ánimo, nuevamente, volvió a esperar a la noche para ir al cobertizo en el cual estaba la entrada. Atravesó el camino de los espejos superpuestos, esta vez con un poco más de seguridad, y volvió a aparecer en aquel cochambroso sótano, seguida, cómo no, de su fiel león negro.

Se aseguró de que el reloj estaba enganchado en sus ropas. Lo que le había contado a Pascal era cierto. Aquel reloj que avanzaba con mucha lentitud en Némesis marcaba la hora que era en la Tierra. A veces variaba el ritmo con el que señalaba las horas y los minutos, pero siempre daba el mismo resultado: el tiempo que Serena pasaba en la ciudad de los Delirantes era mucho mayor que el tiempo que transcurría desde que abandonaba su casa hasta que regresaba. Los minutos se dilataban, las noches se hacían el doble de largas entre los dos mundos. Serena había visto a otros seres de Némesis que portaban instrumentos parecidos al suyo, instrumentos que siempre guardaban con mimo. Hugo había llamado a aquel fenómeno la trampa del tiempo. Ella solía preguntarse de dónde habría sacado su padre aquel extraño reloj, que, a pesar de lo inquietante que era, le resultaba enormemente útil.

Salió del sótano, pensando en cuál sería la mejor manera de llevar a cabo su plan. En realidad, ni siquiera era un plan como tal. Tan solo había recordado un fragmento de los diarios de su padre, fragmento que aquella tarde había releído prestándole una especial atención a cada una de sus palabras.

Nunca había podido olvidarlo:

Hace un par de días que lo conocí. Me ha causado una gran impresión, y no por su atractivo físico, aunque este sea indudable, sino más bien por lo que su existencia supone. Me ha contado que él es el único de los suyos que se encuentra en Némesis, que ha sufrido la condena de acabar aquí. Supongo que no es como el resto. A decir verdad, tiene algo de oscuro, quizás una especie de rencor, de sombra en sus ojos. Hay algo que no encaja en la majestuosidad que lo envuelve, desde luego. Aunque él mismo parece no encajar en Némesis. Es como si, a su paso, la noche se apartara para dejarle la senda libre.

Hoy he vuelto a verlo, y me pregunto... ¿es posible? ¿Puede ser que haya encontrado a mi primer amigo en Némesis?

Me ha dicho que su nombre es Alen.

Al menos sí que es mi primer confidente. A él puedo contarle todo lo que tengo entre manos, todo lo que me ocurre, ya que no busca nada de los Delirantes, ni creo que persiga realmente nada de lo que puede encontrar en este mundo. Alen sencillamente está aquí porque lo condenaron a ello. Tengo la sensación de que agradece mi compañía casi tanto como yo agradezco la suya. ¿Es eso posible o es solo mi deseo?

Y algunas hojas más adelante...

Estar cerca de Alen es una mezcla de embriaguez y alerta máxima. Es como tener a tu lado un tigre calmado, pero que puede saltar en cualquier momento, y, aun así, no poder dejar de mirarlo. Es jugarte la vida a cada paso que das para acercarte más a él, pero, a pesar de todo, no puedes dejar de darlo. Y qué me importa. Quizás esté demasiado acostumbrado

> a jugarme la vida como para que me importe hacerlo una vez más.
>
> Hoy me ha dicho que me matará si sigo preguntando por él.
>
> Prefiero morir a manos de un amigo que de uno de los Delirantes, pero supongo que él eso no lo entiende.

Mientras Serena salía, una vez más, a las calles de Némesis acompañada de su león, daba vueltas a aquellas palabras de Hugo. Intentaba saber si se jugaría la vida al intentar contactar con el tal Alen. Eso era lo que la había detenido hasta ese momento, pero ya no podía esperar.

Los diarios no decían nada relevante acerca de Pascal o de cómo su padre trataba a los pacientes, pero sí que Hugo le había hecho muchas confesiones al tal Alen. Lo que más llamaba la atención de la chica era que aquel último fragmento, el que hablaba del peligro que había corrido su padre, se encontraba cerca del final, a pocas páginas del momento en el que su padre hablaba de Pascal.

Quizás Alen supiera algo que a ella pudiera serle de utilidad. De hecho, era más que probable, y aquello podría abrirle a Serena un mundo de posibilidades.

Por eso había decidido buscarlo. Cabía la posibilidad de que Alen todavía estuviera allí, en Némesis. Su padre había dejado claro que de algún modo simplemente estaba condenado a permanecer en la ciudad, que no quería nada de los Delirantes. No sabía por dónde comenzar, pero había algo que jugaba a su favor: Hugo había escrito que era el único de su raza en aquel mundo. Y, en una ciudad en la que los rumores y la información corrían como la pólvora, por mucho que Alen tratase de pasar desapercibido siempre habría alguna oportunidad de encontrar a alguien de aquellas características.

Serena se preguntó cómo sería.

Hugo hablaba de su atractivo físico, y ella no se sorprendía. Su padre lo hacía mucho en sus diarios y, además, ni siquiera cuando ella era pequeña había escondido su bisexualidad. Lisa solía contarle a Serena que cuando lo conocieron sus padres, los suegros de Hugo, le dijeron que cómo podía casarse con un hombre como ese. Incluso insinuaron que algún día la dejaría por otro hombre. Pero se equivocaron. Hugo quiso durante toda su vida a su esposa. Otra cosa que dejaba claro en sus diarios.

> Jamás tuve dudas acerca de mi matrimonio, pero cuando piso las calles de la ciudad del Delirio menos que nunca. No seré derrotado por Némesis porque mi amor por Lisa me protege. Porque tengo un lugar al que regresar.

Serena miró al león negro y sonrió.

—Yo también tengo un lugar al que regresar, ¿sabes? Y cumpliré lo que mi padre no pudo.

No ser derrotado por la noche.

La chica recordó aquella mañana, el rato que había pasado con Pascal y, más decidida que nunca, echó a andar.

Buscaba alguien a quien pudiera interrogar fácilmente. Lo bueno de tener a un león enorme siguiéndola era que siempre respondían a todas sus preguntas. Sería mejor si se trataba de un Enlace, pensó. Si cogía a algún extranjero, fuera de la raza que fuera, cabía la posibilidad de que llevara poco tiempo en Némesis y que no pudiera darle información. No era una estrategia muy elevada ni muy sutil, pero Serena confiaba en que podía funcionar. Así que, al contrario que la noche anterior, se dirigió con rapidez a una zona cercana que sabía que estaba más transitada.

En Némesis no había grandes avenidas ni espacios abiertos, pero sí áreas más concurridas y áreas que parecían en desuso. Todo eran callejuelas sucias y sin asfaltar, edificios en muchas ocasiones semiderruidos, rincones terriblemente oscuros en los que uno podía esconderse con facilidad. Serena levantó la vista un momento para observar la lejana colina que se veía desde casi cualquier punto de la ciudad. La coronaba la única edificación lujosa de aquel mundo. El palacio de Melancolía.

No se parecía a ninguna arquitectura que Serena hubiera visto antes. Los gruesos muros estaban ricamente adornados, aunque recubiertos de una capa de suciedad. Las torres se sucedían caóticamente, pero no por ello el conjunto perdía en belleza y proporción. Muchas de ellas acababan cortadas en diagonal, y otras eran coronadas por extraños pináculos o por estatuas. De los balcones colgaban grandes telas negras con los bordes plateados, a modo de estandartes. Y una gran cúpula, echa en piedra negra, remataba la nave central.

Le entró un escalofrío.

Mientras andaban, todos la señalaban y se apartaban de su camino. Serena pensó, con ironía, que casi prefería pasear por allí que por las calles de su pueblo, o, como mínimo, que ojalá en su casa tuviera también un león negro.

Vio humanos, algunos bien vestidos, otros andrajosos, casi todos con el miedo pintado en sus rostros. También vio otros seres; algunos con forma cuasi humana, otros con aspectos ridículos, otros terroríficos. Incluso vio pasar a una preciosa silueta que parecía una mujer con alas de mariposa a su espalda, cuyo cuerpo estaba compuesto de agua. La chica la miró unos instantes, maravillada por su belleza. En ocasiones Némesis deparaba sorpresas así. Se preguntó cómo sería el mundo del que ella provenía.

Incluso pensó en preguntarle por Alen, pero al final se abstuvo. No quería tener que amenazar o asustar a alguien tan hermoso y único. Y ni siquiera parecía tener boca para hablar.

Unos metros más allá caminó delante de un grupo de seres que la espantaron. Eran parecidos a los humanos, salvo por su gran altura y porque en lugar de bocas tenían unas pinzas repugnantes que chocaban para comunicarse. Atemorizada, observó que portaban armas. Por suerte, pasó por delante de ellos sin que le dirigieran ni siquiera una mirada.

Las primeras veces que había paseado por Némesis tan solo las palabras de su padre en sus diarios, advirtiendo de que en aquella ciudad se consideraba una de las peores afrentas el preguntar a alguien por el mundo del que provenía, habían detenido a Serena. La curiosidad la podía, y era poco lo que podía llegar a adivinar con tan solo observar a su alrededor. El universo para ella, de golpe, se había multiplicado. Y cuanto más veía, más claro tenía que ella no sabía nada de él. Que era imposible comprender todo eso en su totalidad. Al principio pensar en todo aquello le había provocado vértigo. Ahora le parecía precioso. Rezaba para que nunca dejara de encontrar cosas que la sorprendieran.

Siguió andando mientras observaba a todos aquellos con los que se cruzaba, preguntándose a quién podría interrogar, quién tendría información útil para ella, quién llevaría más tiempo por esas calles… cuando de repente su león negro gruñó suave, pero amenazadoramente.

Serena, sin dejar de andar, miró disimuladamente a un lado y al otro.

Y sonrió.

Pasó una mano sobre el león y, cuando tuvo oportunidad, salió de aquella vía. Andaba como si no ocurriera nada fuera de lo común, como si tuviera un destino bien definido. Se alejó todo lo que pudo de las calles más transitadas y, cuando lo consideró oportuno, en un callejón que estaba débilmente iluminado por una única farola, se detuvo.

Su león negro, a su lado, tensó los potentes músculos de las patas. Sus ojos despedían amenazadores destellos.

Serena se dio la vuelta y miró a los rincones oscuros con desafío.

—Salid.

Las siluetas abandonaron la penumbra en la que se habían estado cobijando. Y la chica, para sus adentros, empezó a maldecir.

Eran muchos.

Más de los que había creído.

Vestían de negro, de la cabeza a los pies. Su vestimenta, observó ella, se parecía mucho a los burkas de las mujeres árabes de su mundo. Las diminutas rendijas de los ojos no le dejaban identificarlos, ni siquiera como Enlaces, aunque Serena suponía que de alguna manera tenían que estar relacionados con los Delirantes. ¿Quién si no iba a querer atacarla?

—¿Qué queréis? —preguntó.

No obtuvo respuesta. Tampoco la esperaba.

El león comenzó a gruñirles abiertamente, y Serena se arrepintió con todas sus fuerzas de su imprudente osadía. Eran demasiados como para que ella y su animal pudieran salir ilesos.

Encima vio navajas en las manos de dos de ellos.

«Mierda, mierda, mierda.»

Serena había procurado aprender a defenderse, a pelear con su cuerpo, a ser físicamente fuerte, pero no portaba ningún arma. Nunca había pensado que podía llegar a hacer enfadar tanto a alguien. Craso error.

Tampoco había por dónde huir.

«En fin, vamos allá.»

El león rugió y, sin previo aviso, saltó sobre el atacante que tenía más cerca.

Serena, con un potente grito que le dio un par de instantes de desconcierto de sus oponentes, se acercó a uno de ellos y lo hizo doblarse con una potente patada a la altura del estómago. No tuvo tiempo de felicitarse por su éxito.

A su izquierda surgió otro, esta vez con una navaja en alto. La chica, con unos reflejos que provenían de su aprendizaje de defensa personal y también de la adrenalina de la situación, detuvo su embestida con una mano sujetando el brazo de su oponente por el interior de la muñeca.

Forcejearon así durante un rato hasta que, como una exhalación, el león atacó al hombre de la navaja.

El sonido del choque de su cabeza contra el suelo fue terrorífico. El hombre dejó de moverse, y Serena y su león retrocedieron un par de pasos.

La chica tuvo miedo. Seguían siendo muchísimos. Estaban perdidos.

El león negro no dejaba de gruñir. Ella sabía que la defendería hasta el final, pero eso no sería suficiente.

Y así se encontraban, ella y aquellos atacantes sin identidad, frente a frente, a punto de volver a saltar los unos sobre los otros, cuando algo apareció entre ellos.

Comenzó siendo pequeña, muy pequeña, y fue creciendo poco a poco. Serena la contempló con incredulidad. Su león se calló. Flotaba, inmóvil, a la altura de sus ojos, y no paró de crecer hasta que fue más grande que su cabeza.

A su lado comenzaron a aparecer más. Al poco tiempo rodeaban casi por completo a Serena. Empezaron a moverse despacio. Los atacantes también las miraban asombrados, como si no supieran muy bien qué hacer.

Pompas de jabón.

Decenas, puede que centenares, de pompas de jabón.

Entonces, como movidas por un viento fortísimo, volaron hacia los hombres de negro.

Serena no pudo moverse de la fascinación ante el panorama que se desarrollaba delante de sus ojos.

Las pompas impactaron contra sus adversarios y fueron explotando. Cada vez que una de ellas tocaba un cuerpo algo increíble ocurría. Ella observó a una pompa convertirse en un montón de enredaderas con púas que crecieron inmovilizando a un enemigo. Otra estalló derramando muchísimo líquido que cayó sobre un hombre y comenzó a quemarle la tela y la piel que había debajo de ella. Cada una era diferente. Una ardió al tocar el paño; otra, en vez de estallar, rodeó la cabeza de uno y su superficie se volvió de metal. A los pocos segundos, el hombre, cuyo cráneo había quedado encerrado en aquella oscura esfera, cayó al suelo, muerto por asfixia.

Algunos tuvieron suerte y lo que apareció con las pompas solo los inmovilizó, pero otros sufrieron ataques mortales. El león de Serena también volvió a derribar a varios de ellos. Su dueña, sin embargo, se quedó inmóvil, incapaz de comprender aquel mortífero y surrealista espectáculo.

No duró mucho.

No había defensa posible contra aquel despliegue de locura encarnada en pompas de jabón.

E, incluso, cuando todos los enemigos habían resultado muertos, reducidos o habían huido llenos de heridas, la chica se preguntaba por qué. Por qué aquella invisible ayuda que ella no había pedido.

Se acercó a su león, sorteando diversos cuerpos. Este se lamía las garras después de la pelea. Serena se agachó y lo acarició, rascándole por la zona de la barbilla. El animal la miró con sus profundísimos ojos.

—Gracias por protegerme otra vez —dijo ella con tono sincero.

A su espalda oyó una respiración entrecortada. Se dio la vuelta. Se trataba de uno de los primeros que habían sido atacados por las pompas, el que había resultado inmovilizado por un puñado de enredaderas. Las espinas de los tallos le habían rasgado los ropajes y muchas se habían clavado en su pálida piel, provocando profundas heridas que no dejaban de sangrar.

Serena dio un paso hacia él. El león siguió su estela. Lo miró desde arriba. Ya no estaba atemorizada; de hecho, le daba lástima.

El hombre soltó un gemido.

—Sería mejor si dejaras de forcejear —le dijo Serena—. Así las espinas se clavarán menos.

Se quedó quieto, mirándola. Había súplica en sus ojos.

Pero ella tenía un cometido que ni siquiera la lucha le había hecho olvidar.

—¿Sabes quién es Alen?

Él la miró con desconcierto, pero permaneció estoicamente callado. Sus ojos la desafiaban, y Serena no rechazaba nunca un desafío. Némesis no era lugar para mostrar su debilidad.

Chasqueó la lengua. El león se acercó amenazadoramente al hombre, bufando por lo bajo.

El atacante lo miró; el miedo inundaba su rostro. Y al final, cuando Serena estaba a punto de decirle a su animal que saltara sobre él, cedió.

—¿El ángel?

¿Ángel?

—¿Dónde puedo encontrarlo? —volvió a preguntarle con dureza.

El hombre soltó un último gemido antes de responder.

—En el fumadero. Por favor...

Ella, inmune a la súplica, se dio la vuelta y se marchó.

Ya tenía todo lo que necesitaba.

CAPÍTULO IX

¿Pensabas que no me preocupo por ella, intruso?

Ya ves que eso no es cierto.

No puedo permitir que unos simples perros de los Delirantes, por el puro hecho de que son unos cobardes y solo se atreven a atacar con la superioridad numérica de su lado, acaben con su travesía.

Hay algo en ella, ¿sabes, intruso?, de una historia que no quiere llegar a su fin. Quizá yo solo esté aquí para asegurarme de ello. Quizá tú también. ¿No te has preguntado qué haces siguiendo a la chica del león negro por las calles de un delirio? ¿No te has preguntado qué consigues escuchándome?

Piensa en mí como en un guardián. Aunque sin ser ángel. Alen te aseguraría que yo no tengo nada de ángel.

Pero guardo a Serena y a su león negro con mis pompas. Seguro que en más de una pesadilla tú has deseado tener un protector, intruso. A lo mejor lo tenías y no lo sabías, como Serena. O a lo mejor lo deseabas cuando no lo necesitabas.

Puede que ese también sea el caso de nuestra heroína.

Entiendo por qué la temen. Ella es ese tipo de persona que tiene a su rabia domada y que solo le sirve para avanzar. Y no le importa asustar al resto, nunca le ha importado ni nunca lo hará. Una maldita leyenda que es más humana que nadie. Y que se siente sola. Porque luchar, por lo que sea, incluso por tu amor, es solitario.

¿Me explico, intruso?

¿Entiendes por qué la guardo?

Quiero verla en situaciones de locura. Quiero ver cómo Pascal le da fuerzas. Quiero ver cómo vence a todo por su futuro, porque él esté bien. Quiero que poco a poco se atreva a pensar en ella misma, en lo que sí merece, hasta dar… conmigo. Los monstruos la acecharán, pero ninguno podrá con ella. Ni siquiera cuando piense que va a rendirse. No, no Serena. No mientras Pascal sea su luz.

Ella descubrirá la esperanza en el reino de la noche.

Y yo la estaré esperando.

Mi preciosa Serena. Pensando que puede salvar al mundo, pero, en el fondo, también segura de que ella no tiene salvación. Espero el momento en el que, de alguna forma, Némesis no vuelva a darle miedo. Aunque en realidad nunca se lo ha dado, pero eso es algo que ella no sabe.

Lo que más miedo produce es aquello que uno más desea. Y en Serena solo hay un deseo. El deseo de un futuro.

¿Acaso tú no lo quieres ver, intruso? ¿Ese amor por Pascal? ¿Ese «yo por ti haré lo que sea, yo por ti VENCERÉ A TODO EL UNIVERSO»?

Serena y Pascal. Las batallas del uno son la paz del otro.

Curiosa relación, la suya.

Y ahora ¿qué, intruso?

Sé que quieres conocer a Alen, ese ángel inmune a los Delirantes, pero víctima de sí mismo. Quizá desees averiguar algo más de las pompas, las pompas que llevan dentro mis mundos. Quizá pretendas seguir paseando por las calles de Némesis desde tu cómoda y segura posición. Qué fácil es estar al margen, intruso. Quizá desees, en cambio, huir. Quizá quieras saber, de una vez, quién soy. Lo lamento, pero no puedo cumplir todos esos deseos. Ya sabes que a la mayoría de los deseos se los lleva el viento y ya nadie vuelve a verlos.

Pero no creas que es por puro capricho.

Tan solo, antes de volver con nuestra chica del león negro, me gustaría darte un honor del que raramente se puede gozar.

Y es que muy pocos son aquellos que han entrado en la casa de Melancolía y han salido ilesos.

CAPÍTULO X

Una melodía triste. La eterna melodía triste de piano. Las notas se sucedían frenéticamente, sus largos dedos recorrían las viejas teclas de forma mecánica, porque era lo único que le quedaba. No le quedaba su nombre, ni sus recuerdos, ni sus esperanzas ni un futuro. El tiempo se había parado y todo era dolor, dolor invisible, dolor del alma. Dolor que la música canalizaba, pero no conseguía que se detuviera. Las notas de su piano se mezclaban con otras melodías que procedían de numerosas habitaciones del palacio, todas como en la que estaba ella, con un piano, una persona que no tenía nada de humana y... una cuerda. Una cuerda que ella miraba y miraba y miraba mientras no paraba de tocar su eterna melodía de piano triste.

No habría podido decir cuánto tiempo llevaba allí. Tampoco si alguna vez había pensado en escapar, porque en su cuarto había una puerta que nunca estaba cerrada. Pero las cadenas que la retenían allí eran más fuertes que cualquier cerradura.

Y tocaba y tocaba y tocaba, y cada nota de su piano era un lamento, cada compás, un grito de auxilio que no obtenía más respuesta que el eco del resto de las melodías, tocadas por músicos tan anónimos como ella. Y a ella le dolía, pero, en cierta medida, había algo excitante, algo adictivo, en ese sentimiento. El anhelo de la tristeza era muy poderoso. Y ella se había hecho adicta a algo que no podía soportar. Ella era, a la vez, prisionera y carcelera de su alma. Y seguía tocando. Y seguía tocando como quien se clava su arte en el pecho. Y qué poco le gustaba. Y cuánto lo deseaba.

Estaba tan ensimismada en su música y en los sentimientos que esta alimentaba que no se dio cuenta de que, al otro lado de la puerta, se escucharon unos pasos. Alguien avanzaba lentamente por aquellos inmensos pasillos llenos de puertas, salas y melodías tristes.

Y entonces algunos pianos enmudecieron. Otros continuaron tocando melodías más lastimosas que nunca.

Ella se sintió incapaz de continuar. Incapaz de verle un sentido a seguir tocando aquel instrumento, porque de golpe su dolor era más insoportable que nunca. Lo único que tenía sentido para ella era detener aquel dolor.

Se sentía aliviada. Oh, sí, qué feliz se sentía. Por fin iba a salir de allí. Por fin iba a ocurrir algo. Por fin iba a volar.

Por primera vez en mucho tiempo sus dedos se detuvieron y su piano enmudeció. Se levantó. Las rodillas le flaquearon por el tiempo que había pasado sentada, pero ella se sentía fuerte. Se acercó al rincón de la sala en el que estaba perfectamente enrollada la misteriosa cuerda.

Fue fácil atarla a una de las vigas.

Fue aún más fácil hacer un nudo para su cuello.

Y luego, ni siquiera le dolió.

Melancolía caminaba por los pasillos de su palacio. A su paso, el sonido de las melodías de los pianos que eternamente ambientaban aquel lugar era sustituido por el sonido de los quejidos, las respiraciones entrecortadas, los taburetes al caerse, las cuerdas al tensarse, los cuellos al romperse.

Y a ella qué más le daba.

CAPÍTULO XI

El fumadero era uno de los centros neurálgicos de la zona neutral de Némesis, y posiblemente uno de los lugares más transitados de la ciudad.

Hugo lo había descrito en sus diarios.

Lo llaman fumadero, pero ese es un nombre inofensivo para lo que realmente supone. La degradación cobarde del ser humano, incapaz siquiera de mirarse a sí mismo a la cara y a sus propios monstruos. La huida, el no querer aceptar el dolor, el no querer luchar por nada. El fumadero es el reino del miedo no encarado.

Lo llaman fumadero, sí, pero es mucho más. En él se reparten drogas de todo tipo, drogas que supuestamente ayudan a la creación artística de

unos, a curar los miedos de otros, a dar un descanso
a su mente a la mayoría. La verdad es que lo único
para lo que sirven es para preparar a los reacios
a hacer tratos con los Delirantes, ya que si se han
podido crear semejantes cosas bajo los efectos
de tales sustancias, ¿qué no podrán hacer cuando
sus cabezas estén bajo el influjo de los señores del
Delirio? De hecho, aseguraría que son ellos mismos los
que proveen de drogas al fumadero. Allí encuentras
más Enlaces que en ningún otro sitio. Y dicen que de
vez en cuando los dos Delirantes menores, Celos y
Odio, salen ellos mismos en persona a dar una vuelta
por allí.

A veces no puedo evitar recordar los sesenta
y lo parecido que es el concepto. Puro arte de la
psicodelia.

Supongo que como psicólogo no puedo sino
despreciar algo que degrada tanto al ser humano
y que le hace perder lo único que tenemos. Hay quien
dice que nuestro cuerpo es nuestro templo de por
vida. Yo creo que es nuestra mente. Y por eso habría
que cuidarla siempre.

Por ello entrar en los fumaderos hace que me
inunden por dentro la rabia, el desprecio y la tristeza
a partes iguales. Es un lugar oscuro, sucio, quizá
como todo en Némesis, pero con la diferencia de que
esta suciedad impregna también a los que están

allí. Hay varias salas cerradas, en las cuales es mejor no entrar, ya que corres el peligro de que sus ocupantes se pongan agresivos por el efecto de la droga que están consumiendo. Los repartidores pululan por doquier, y los llamo repartidores porque no piden nada a cambio de consumir sus productos. ¿Es que nadie piensa que si los dan gratis, es porque están desesperados por que los consumamos?

No me he molestado en conocer el tipo de drogas que ofrecen. Por lo que he oído, no se parecen a ninguna conocida en la Tierra, aunque sí que se consumen de manera parecida. En el suelo del fumadero puedes encontrarte, si te fijas, varias jeringuillas usadas; y fuera de las salas cerradas hay rincones ocupados por instrumentos parecidos a los narguiles, aunque mucho más grandes y con apariencia sofisticada. El olor es inmundo, y parece que el simple hecho de pasar un tiempo en la estancia ya te aturde un poco.

A la entrada y dentro ves personas (y otros seres, claro está) tirados por doquier. Muchos rellenan lienzos con colores brillantes y motivos caleidoscópicos, otros, hojas de papel con letra ininteligible.

No soy artista, pero no puedo creer que algo bueno salga de sustancias tan detestables.

Así era el lugar hacia el que se dirigía Serena.

Desde fuera ya podía adivinarse su amplitud. Se trataba de una superficie de una sola planta construida con materiales precarios y desiguales, como vigas de madera, planchas de acero o, incluso, trozos de tela que servían de puertas rudimentarias. La suciedad lo invadía todo, como si ya fuera algo inherente a aquel sitio. Como el propio Hugo describía, había mucha gente tirada en los alrededores. Algunos parecían enloquecidos e inmersos en diversas tareas, pero otros, los más conscientes, levantaron la cabeza cuando vieron acercarse a Serena y a su león negro.

Entre todos ellos, la chica vio pasar a un extraño ser que andaba con las rodillas muy encogidas y completamente cubierto por una capa roñosa. Hablaba con muchos de los que se encontraban por allí. Parecía ofrecerles algo que ocultaba entre su ropa.

Serena no quiso investigar de qué se trataba.

Aquel ser no podía tener nada que le interesara.

Ella mantenía el gesto inalterable, pero en verdad por dentro estaba llena de dudas. Despreciaba aquel lugar tanto como su padre y a la vez, sin saber por qué, la llenaba de temor. Además, se preguntaba qué podía hacer el Alen que Hugo había descrito en sus diarios en un sitio como ese. Pero el hombre al que había interrogado había respondido sin dudar; parecía decir la verdad. Y Alen era la pista más sólida que tenía hasta el momento.

El león, como si pudiera leer las dudas de su mente, se acercó a ella. Serena agradeció más que nunca su protectora sombra.

Se plantó frente a la entrada principal.

Y, sin permitirse un segundo de vacilación, entró.

Lo primero que la golpeó fue el inmundo olor que su padre tan bien había descrito en sus diarios. Serena pensó, con ironía, que la próxima vez que tuviera que ir allí procuraría llevarse una mascarilla. O quizás una bombona de oxígeno. No era tan solo el olor; en el ambiente estaba la presencia de una especie de neblina extraña, un suave humo que hacía los colores y las siluetas menos marcadas. Que lo desdibujaba todo, incluso la voluntad.

«Más te vale compensarme la esperanza de vida que estoy perdiendo por entrar aquí, Pascal.»

Avanzó despacio. El lugar estaba lleno de personas, algunas en círculos hablando en voz baja, otros grupos fumando en los narguiles. A los lados había diversas telas y esterillas que la chica supuso que serían las entradas a las habitaciones individuales que su padre describía. De ellas entraban y salían personas de vez en cuando.

Serena advirtió, esta vez sí, que la mayoría de los seres eran humanos, y los que no lo eran iban casi todos vestidos con ropajes que los identificaban como Enlaces. Darse cuenta de ello la fastidió. ¿Acaso los humanos eran la raza más débil de todas las que confluían en Némesis?

Cuando los presentes se dieron cuenta de que se encontraba allí, las voces de la sala comenzaron a apagarse. Serena se enfrentó a las miradas con la barbilla alzada y la mirada fría, mientras a su lado su león bufaba. Siguió avanzando, más despacio, como si el hecho de que su presencia fuera tan incómoda para el resto no le importara. Mientras, examinaba una a una las caras de los ocupantes del fumadero, al menos las de los suficientemente valientes o conscientes como para no entregarse a rincones oscuros.

Se preguntaba cómo sería un ángel.

Recordaba cómo los había descrito Hugo: «Me ha causado una gran impresión, y no solo por su atractivo físico [...], tiene algo de oscuro, quizás una especie de rencor, de sombra en sus ojos. Hay algo que no encaja en la majestuosidad que lo envuelve, desde luego. Aunque él mismo parece no encajar en Némesis. Es como si, a su paso, la noche se apartara para dejarle la senda libre».

Su padre siempre había sido especialmente sensible a la belleza.

Se paró hacia el centro del lugar, sin dejar de mirar a su alrededor. Pero se desesperaba por momentos, y se preguntaba qué estaba intentando hacer. A cada segundo que pasaba allí le parecía menos posible que en aquel lugar hubiera alguien a quien llamaran ángel.

Sin embargo, no pudo pararse a reflexionar sobre aquello durante demasiado tiempo.

—¿Qué buscará la chica del león negro en un lugar como este?

Serena se volvió como activada por un resorte cuando escuchó esa voz a su espalda. Ante ella tenía a alguien de su altura; una mujer con rasgos que parecían asiáticos vestida con un complejo kimono de tela naranja estampada y tiras de adorno de cuero negro. De la piel de las muñecas y del cuello le salían púas de acero, realmente aterradoras, y como único maquillaje llevaba los labios pintados de blanco.

La chica se puso en tensión. Ya había visto a individuos como esa antes. Se trataba de un Enlace de Cólera. Los que trabajaban para la furiosa Delirante eran especialmente peligrosos y agresivos. Se contaba que muchas veces usaban la fuerza para llevar a las víctimas hasta su Delirante en lugar de la persuasión, como solían actuar el resto de los Enlaces.

Se planteó seriamente si no se metía en demasiadas peleas en Némesis. Porque la actitud de la Enlace era claramente desafiante y, a su lado, su león volvía a tensarse y a gruñir. Además, a su alrededor comenzaron a agruparse un montón de curiosos. Era bien conocida la aversión de la chica del león negro hacia los Enlaces de todos los Delirantes. Lo peor de todo era que Serena no esperaba que nadie la ayudara en su pelea. Después de todo, ella era la que iba a contracorriente en Némesis. «Desventajas de no haber buscado nunca aliados dentro de la ciudad», pensó.

Por su cabeza pasó la imagen de pompas de jabón volando a su alrededor, pero la borró rápidamente y se concentró en la peligrosa situación que tenía en ese momento delante de sus ojos.

Era un mal lugar para luchar, pero no quería huir.

Así que encaró a su oponente.

—¿Que qué busco? No sabría expresarlo. ¿Enlaces a los que seguir asustando? ¿Hacer rabiar a los Delirantes? ¿Un campo de entrenamiento para mi león? —Sonrió con descaro—. Quién sabe.

Las voces de la sala fueron sustituidas por apremiantes cuchicheos.

—Si quieres pelea, chica del león negro —siseó la Enlace—, la has encontrado. Estoy segura de que Cólera se relamerá al poder, al fin, invadir tu mente. Una vez le dije que si aún no habías hecho trato alguno con ningún Delirante, era porque sabías que eres tan débil que serías incapaz de soportarlo.

Serena bufó al escuchar eso.

—Hay algo que me gusta de vosotros, gente de Cólera, y de vuestra señora, y es que no fingís. Sois escoria y actuáis como tal.

Cuando dijo esto, la Enlace entrecerró los ojos. Y entonces Serena observó, pasmada, cómo las púas de su cuello y muñecas comenzaban a sobresalir más y más. Crecieron hasta el punto de convertirse en armas verdaderamente temibles. La chica, en su interior, intentó no atemorizarse. Peleas uno contra uno sí que podía afrontar, por muy experimentada y mortal que fuera su oponente. Además, eran dos contra la Enlace. Su león ya vibraba a su lado, listo para saltar.

Ella tensó los músculos.

Escapar nunca había sido una opción en Némesis. O quizá fuera una auténtica temeraria. O quizá también necesitaba, a veces, demostrarse, tanto a sí misma como a Pascal, que era fuerte. Que podía con todo.

El lugar enmudeció por momentos.

Sin embargo, cuando ella pensaba que aquella tensión iba a estallar, vio cómo la Enlace desviaba la mirada hacia otro punto de la sala. Serena dudó de si volverse, dada la amenaza que tenía delante.

Pero entonces las púas de la Enlace comenzaron a volver a su tamaño original. Y ella sintió una presencia poderosa detrás. Se giró.

—No habrá pelea —dijo una voz.

Lo primero en lo que Serena se fijó de él fue en las alas que cubrían su espalda.

CAPÍTULO XII

¿Sabes una cosa, intruso?

Ser un ángel no te garantiza ser puro. Pero si algo no soportan los ángeles, son las cosas que los mancillan. Y Némesis lleva mancillando a Alen demasiado tiempo.

El único ángel que ha caído en esta ciudad. El único habitante de Némesis al cual los Delirantes no pueden tocar, porque los ángeles lo condenaron a estar aquí, pero no a enloquecer, y como enloquezca, se enfurecerán. Y nadie quiere ver lo que nadie ha visto nunca: a los ángeles enfurecidos.

Deben de ser terribles si se pasan su larga, eterna vida, aprendiendo el más intachable autocontrol de sí mismos. Ellos aspiran a la perfección. Y creen que la completa supresión de los deseos, los anhelos y las pasiones es lo que los hace inmaculados. Y por eso el mayor castigo que pudieron encontrar para uno de los suyos fue enviarlo a la ciudad de los Delirios.

¿Sabías que los ángeles son inmortales?

Quizá la eternidad en su intachable mundo sea aceptable. Pero en un lugar como Némesis debe de ser insoportable.

Y, sin embargo, aquí sigue Alen.

No sé si el Ladrón tenía razón, si la noche se aparta de él a su paso. Yo creo que lo ha ido impregnando poco a poco, quizá sin que se diera cuenta, quizá seduciéndolo frente al recuerdo de ese mundo de una perfección insoportable. Sin embargo, intruso, si a mí me preguntaran, les recordaría que Némesis es el depósito de lo común. Lo común a todos los mundos, incluso al de los ángeles. Así que supongo que a los alados incorruptibles todavía les queda algo de nuestra noche.

Me pregunto si en su mundo alguna vez se pondrá el sol.

¿Quieres saber cómo marcaron a Alen? Su belleza divina sigue intacta, sus rasgos hermosísimos, sus ojos, claros, su piel, fría. Sin embargo, sus alas son negras. Negras azuladas. Quisieron, así, dar el mensaje de que él ya no era uno de ellos. Quizá la perfección conduzca a la crueldad. Quizá ser perfecto implique ser inhumano. Pero tú y yo no creemos eso, ¿verdad, intruso?

Habría preferido que Serena no tuviera que conocerlo, pero es verdad que todos los caminos de pistas que dejó el Ladrón en sus diarios acaban llevando, de una forma u otra, a Alen. Creo que la belleza del ángel, de alguna manera, le hizo bajar la guardia a Hugo. Creo que la honestidad de Hugo hizo que Alen estuviera dispuesto a dejarse conocer, a dejarse implicar en algo más que en su propia condena. Alen lleva más tiempo del que yo puedo recordar vagando por Némesis, reflexionando, forzado a ver sufrir al resto de los seres, algo insoportable para alguien cuyo instinto aspira a la perfección. Pero en Hugo encontró a una persona que, a su manera, no se dejaba contaminar por lo que los Delirantes representan.

Mejor dejemos que él mismo nos lo cuente. Porque Alen nunca olvida nada. E imagino que ya sabe que Serena es hija del Ladrón.

Alen.

Se te pegó la oscuridad a las alas y no encuentras el valor para cortártelas, ¿verdad?

Me pregunto, intruso, por qué lo condenaron. Qué delito se puede cometer en el divino reino de la perfección.

Veamos qué le cuenta a Serena, intruso. Porque Alen seguramente tiene las respuestas que ella necesita sobre su padre y su precioso Pascal, y si ha aparecido, si se ha dejado ver (porque nadie encontrará a Alen a menos que él se deje), significa que quiere hablar. No sé por qué. ¿Por hacer honor al recuerdo de Hugo? ¿Porque quiere ayudar a Serena? Hay quien cree que los ángeles son bondadosos. Yo no creo eso. Yo creo que la bondad los haría demasiado humanos.

Quizá, sencillamente, le dé igual hablar o no hablar, y ha decidido hacerlo porque así ocurrirá algo. La eternidad debe de ser terriblemente aburrida, sobre todo si no tienes sentimientos.

En cualquier caso, no abandonemos a Serena.

Ella ahora tiene la mirada de alguien que suplica conocer su historia. En su interior resuenan gritos de auxilio que ella no quiere oír. Quizás Alen, el único ser que no está bajo el control de los Delirantes, sí que pueda estar bajo el suyo.

Vamos, intruso. Ella no lo sabe, pero no tiene nadie a quien temer salvo a sí misma.

Y es que las pompas la guardan.

Mi silencio tiene un toque de crueldad, ¿verdad?

Pero yo no soy ningún ángel.

CAPÍTULO XIII

Serena seguía en silencio a Alen mientras salía del fumadero. No podía dejar de mirarlo embelesada y, en parte, con algo de temor. Porque semejante belleza imponía y asustaba a partes iguales.

Sus alas eran enormes. Estiradas, debían de medir dos metros de longitud cada una. Viéndolas era un poco más creíble que pudiera volar. Y su color era absolutamente precioso; negro azulado, como la noche pura, un negro luminoso y deslumbrante. La chica se preguntó si todos los ángeles tendrían las alas de ese color o si marcaba la naturaleza de Alen. Un condenado.

Entendía por qué su padre estaba embelesado con él. Era imposible no dejarse arrastrar por aquel derroche de belleza.

Cuando salieron a la calle, Serena pudo comprobar, en efecto, que Alen no encajaba para nada en el desolador paisaje de Némesis. Incluso parecía que su piel no quería dejar de perder su inmaculado color por las sombras. Caminaba descalzo y, sin embargo, la suciedad no se adhería a sus pies. Nada podía mancharlo.

Los que lo miraban ya no eran capaces de apartar la vista de él. Pero parecía inmune a la presencia de todos.

Solo se volvió hacia Serena cuando se hubo alejado lo suficiente del fumadero. Los ojos de plata, la piel de porcelana, la expresión carente de sentimientos, los cabellos claros, el cuerpo de un hombre suavizado por la elegancia de sus líneas. La escultura más perfecta con la que cualquier artista pudiera soñar. Vestía de negro, con unos ropajes muy ligeros y a la vez elegantes. Las alas las tenía plegadas casi por completo y las movía con agilidad, casi imperceptiblemente.

Cuando los ojos del ángel se clavaron en los suyos, Serena, instintivamente, pasó la mano sobre su león negro. Pero el animal ni siquiera gruñía, así que se vio obligada a calmarse.

O si no, no sería capaz de hablar con él.

Y necesitaba hablar con él.

Carraspeó.

—Sabes quién soy, ¿verdad?

Silencio.

—No creo que me hubieras ayudado allí dentro si no.

Alen tardó unos instantes, pero esta vez sí contestó.

—La hija de Hugo —dijo—. La hija del Ladrón.

La chica respiró hondo. Le daba respeto, muchísimo respeto, interrogar a alguien como Alen. Los ojos del ángel no la invitaban precisamente a seguir preguntando, pero tampoco la advertían de que debía detenerse. Sencillamente permanecían impasibles, esperando.

Tenía pinta de ser algo que se le daba bien a Alen. Esperar.

Así que ella, como pudo, se armó de valor. Se apoyó en una pared, y su león se relajó, tendiéndose a sus pies, sin dejar de mover la cola.

—¿De qué conoces tú a mi padre?

Alen pareció dudar.

—¿Por qué debería explicártelo? —preguntó a su vez.

—No tienes ninguna razón —respondió Serena—. Tan solo te lo estoy preguntando. Y si quieres, suplicando, porque realmente necesito saberlo. Creo que él te tenía aprecio. Creo que tú le tenías algo de aprecio a él. Y que puedes contarme muchas cosas. No estoy segura…

—No has venido al mejor lugar para obtener respuestas, ni estás hablando con el más hablador de sus habitantes —dijo Alen. Y añadió—. Ni con el más inofensivo.

Serena se estremeció al escuchar eso.

—Mi padre se preguntaba si tú serías el primer amigo que había encontrado en Némesis —susurró.

No tenía muchas más bazas para hacerlo hablar. Pero, sorprendentemente, aquella funcionó.

Alen continuó con su rostro impasible, pero a la chica no se le pasó por alto que sus alas dejaban de estar tan plegadas y tensas. Como si se relajara, las separó un poco. Serena admiró los preciosos matices que la noche de Némesis sacaba al negro de sus plumas. Realmente eran una obra de arte. Una que demostraba que lo que los humanos podían crear aún estaba muy lejos de todas las maravillas del universo.

—¿Qué sabes de mi raza, Serena? —dijo al fin.

—Nada, en realidad.

—Las súplicas y el apelar al corazón no surten efecto en nosotros, te lo aseguro. Pero supongo que de alguna manera eres como tu padre y no quieres creer que existan seres sin sentimientos. —La miró—. En realidad tienes algo de razón. Hugo fue alguien bastante especial para mí, quizá todo lo especial que un ser humano pudo haber sido. ¿Por qué me buscabas?

—Escribió acerca de ti en sus diarios —confesó Serena—. Y me pareció que podrías decirme lo que quiero… lo que necesito saber.

—Y ¿qué es lo que necesita saber la chica del león negro?

El león levantó levemente la cabeza al oír que lo mencionaban, pero siguió relajado.

—Necesito saber —dijo despacio ella. Le costaba no temblar mientras pronunciaba esas palabras— qué hacía mi padre en este mundo.

—¿No explicaba eso en sus diarios?

—Tan solo pone que, de alguna manera, aquí encontraba los tratamientos para sus pacientes. Pero apenas habla del proceso, de cómo lo conseguía. Necesito saber esos detalles.

—¿Por qué?

La chica evitó responder directamente. No era el momento de hablar de Pascal. Aún no.

—Porque hay alguien a quien necesito curar.

Alen, al escuchar estas palabras, desvió la mirada, y sus ojos se perdieron en algún lugar del muro en el que estaba apoyada Serena. Parecía estar recordando algo lejano.

—No me extraña que no hable de ello —dijo al final, con voz suave. Volvió a mirar a Serena.

La chica ya dejó de ocultar su apremio.

—¿Por qué dices eso?

—No es… agradable —le advirtió él.

—Necesito saberlo.

Entonces Alen hizo algo que no se esperaba. Con movimientos elegantes se sentó en el suelo, desplegando más sus alas, de forma que ahora, a pesar de que seguían sin haber alcanzado toda su longitud, resultaban imponentes. Serena, tras unos segundos de vacilación, hizo lo mismo. Estar a la misma altura que el ángel, cara a cara, la hacía sentirse indefensa, pero si quería seguir escuchando lo que él tenía que decirle, era necesario que callara esa parte de su instinto que le gritaba que estaba ante alguien peligroso. El león se tumbó en sus piernas. Pesaba, pero también le resultaba reconfortante sentir su calor y su respiración, así que lo dejó quedarse allí.

Miró al ángel condenado, esperando a que hablara. Este, por una vez, no se hizo de rogar.

—Conque los diarios de Hugo. Por supuesto. Nadie pensó en buscarlos —comenzó—. Tu padre decía la verdad en ellos. Este mundo lo fascinaba, pero a la vez creo que había pocas personas que lo odiaran tanto como él. Sin embargo, estaba dispuesto a soportar cualquier cosa por sus pacientes. La primera vez que me lo contó no conseguí entenderlo, y aún hoy sigue siendo un misterio para mí. ¿Por qué todo ese sacrificio por personas que apenas conocía? ¿Cómo era posible que viviera más para el resto que para sí mismo?

—No lo sé —susurró Serena, acariciando a su león.

—Yo tampoco. Pero eso ya lo hacía diferente a los demás. Eso ya hizo que, al menos, tuviera curiosidad por él.

A ella no le extrañaba. Era aquello lo que más le había apasionado a la hora de leer sus diarios. Era lo que siempre había admirado de su padre. Su dedicación a sus pacientes. Ni siquiera era a su oficio, porque a él la fama o el prestigio siempre le habían dado igual. A su padre no le importaba no ser reconocido. Le importaba ayudar a toda costa.

—Él, por alguna razón, decidió que yo era la persona más confiable en Némesis. Y entonces descubrí cómo curaba a sus pacientes. Descubrí que su sacrificio era mucho mayor de lo que nadie se habría podido imaginar.

Serena contuvo la respiración.

Por fin.

—Hugo descubrió que, de alguna manera, los Delirantes tenían vínculos con los enfermos mentales de todo el mundo. Es complicado de explicar, pero me dijo que eran causantes, que podían controlarlo y que, a la vez, se alimentaban de ello. Que les daba poder. Que garantizaban su existencia. Quizás esto no lo sepas, pero de todos los mundos que existen el de los humanos es, por mucho, el más habitado. La mayor fuente del poder de los Delirantes reside allí.

—¿El poder...? —Serena no acababa de comprender.

Alen la miró intensamente.

—¿Cuál es la enfermedad mental más común de tu mundo, Serena?

Ella entendió lo que quería decir.

—Melancolía —susurró.

Alen asintió.

—No siempre fue la Delirante más fuerte, aunque eso solo yo puedo recordarlo. Pero vosotros la hicisteis poderosa. O quizá fue ella la que os conquistó.

—Pero ¿qué tiene que ver eso con mi padre?

Necesito saber.

—Él pensó, y acertó con ello, que si los Delirantes podían ser parte de la razón por la cual sus pacientes sufrían, también podían retirar sus manos, sus poderes, de ellos. Y, entonces, sus pacientes se curarían. Pero para conseguir que los señores de Némesis dejaran ir a una víctima tenía que darles algo a cambio. Así que iba él mismo a verlos, según el paciente al que estuviera tratando. Determinaba qué Delirante podía aliviarlo más. Cuál lo afectaba.

Serena sintió como si todo su ser se encogiera por dentro. No quería reconocerlo, pero de alguna manera se imaginaba lo que venía. Era terrible...

No pudo evitarlo. Se abrazó a su león.

Creyó ver, en los ojos de Alen, una sombra. O quizá quiso verla. Pero eso no detuvo al ángel.

—Él mismo se ofrecía a hacer tratos con los Delirantes —continuó—. Les dejaba invadir su mente, al igual que hacen los artistas que llegan aquí, a cambio de que retiraran la influencia sobre su paciente.

—Pero mi padre curó a cientos de personas...

Alen la miró con fijeza.

—Y los aguantó todos. Todos y cada uno de los tratos. Una y otra vez se dejaba invadir por el Delirio. Una y otra vez resistía... Hugo tenía la mente más fuerte que jamás haya pisado Némesis. Consiguió lo que nadie nunca había conseguido.

Se quedaron en silencio, dejando que aquellas palabras los llenaran por dentro. En el caso del ángel, el recuerdo. En el caso de la muchacha, la angustia de una verdad puesta al fin ante sus ojos.

Serena abrazaba con más fuerza que nunca a su león. A este no parecía importarle.

Ella tenía que contenerse para no llorar.

Y Alen pareció darse cuenta.

—Cuando me lo contó por primera vez no podía creerlo —confesó—. Pero él lo hacía por su propia voluntad, Serena.

Ella estalló.

—Hasta que ya no aguantó, ¿verdad? Se suicidó. ¡Joder, se suicidó!

—Pero esa —apuntó Alen despacio— es otra historia.

Serena se incorporó un poco, en tensión. Aún no tenía todo lo que buscaba. Y por muy duro que fuera, quería oír la historia hasta el final. Por mucho que las palabras se le clavaran como puñales, ella había ido hasta allí con una única intención. Y tenía que conocerlo todo.

—No lo entiendo —dijo con voz temblorosa—. ¿Qué otra historia? Y ¿por qué todos lo llamáis el Ladrón?

Alen adelantó una pierna, apoyó sus manos sobre ella y acercó su rostro a Serena. Esta vez sí desplegó del todo sus alas.

Pero ni siquiera podía saber qué estaba pensando.

El rostro de la muchacha era demasiado parecido al de su padre. Y el ángel no pudo evitar recordar…

* * *

Hugo se recuperaba medio recostado en el suelo, descansando, intentando calmarse. Los dos se encontraban en un rincón poco transitado de Némesis, rodeados de edificios completamente en ruinas. Había salido de hacer un trato con Euforia y, aunque los efectos del Delirante todavía lo afectaban, había resultado ileso de él.

Como siempre.

Alen, observándolo, se preguntó cómo era posible que un débil humano pudiera aguantar tantas veces el influjo del Delirio. Seguramente ni Hugo mismo lo sabía. Su fortaleza mental era algo inherente a él.

Respiraba pesadamente con los ojos cerrados. Y, justo antes de abrirlos, para sorpresa del ángel, comenzó a hablar:

—Deja que te cuente una historia, Alen. Una de mi mundo. Sé que en Némesis es una regla no escrita el no hablar de nuestros mundos de procedencia, no ahora que nos hemos sumergido en una pesadilla (¿nunca has pensado que a lo mejor esta regla es para que no nos despertemos antes de que la pesadilla nos atrape?). Pero, por una vez, deja que yo te hable del mío. Incluso un ángel debería intentar mirar a sus pies, al resto del universo por el que normalmente no se preocupa. Incluso un ángel, a veces, debería escucharnos.

»Deja que te cuente una historia, Alen. Una que habla de Némesis. Y es que hace mucho tiempo en mi mundo hubo un pueblo para quien Némesis era una diosa. La diosa que se encargaba de castigar la soberbia de los humanos. Incluso hay quien cuenta que tuvo una hija, una hija por la que los hombres más valientes se pelearon, la más hermosa de todas las mujeres que han pisado la tierra. Helena. Quien llevó a la ruina a toda una ciudad, igual que Némesis puede llevar a la ruina a todo mi mundo. ¿Qué te parece? El peso que se pone al otro lado de la balanza para que se equilibre. Tú sabes de castigos más que nadie, ángel caído: ¿sabes que en mi mundo también se habla de vosotros? ¿Sabes que se habla de ti?

Alen miraba a Hugo mientras este miraba al eterno cielo nocturno de Némesis. Solía ser así. En mucho tiempo, ese humano había sido la única persona capaz de hacer que el ángel mirara a… algo. Algo que no fuera un Delirante o algo a lo que despreciar. O un cielo que anhelar.

Pero él no podía anhelar.

Pues ni siquiera en Némesis, castigado, abandonado, se permitía sentir algo.

Lo que él había hecho había sido imperdonable, sí, pero el castigo de los suyos no era menos desproporcionado. Salvo cuando observaba a Hugo, el único capaz de aligerarle aquel peso. Curioso. El más humano de todos los humanos con los que se había encontrado, tan sentimental, tan pasional, tan lleno de ilusiones y de contradicciones dentro de él, tan… mancillado.

Cuando se había encontrado con él y había sabido todo lo que hacía por sus pacientes, gente que Alen consideraba seres débiles e infectados por el más bajo de los males, el de los Delirantes, se había quedado a cuadros. Otra cosa en la que Hugo había sido el primero. En sorprenderlo.

Y estar tan pendiente de él también lo hacía sentirse inferior.

146

Sin embargo, al escuchar aquella historia no pudo evitar sonreír levemente. Por Hugo, hasta se permitía gestos como ese.

Se preguntaba qué hacía mostrando su debilidad constantemente al mismo humano.

—Vosotros, los hombres —respondió—, siempre pensando que sois el centro del mundo.

Hugo rio abiertamente y lo miró con los ojos brillantes.

Alen podía ver claramente la admiración, rozando la veneración, que el hombre sentía por él. Pero a eso sí que estaba acostumbrado. Lo diferente tan solo era que aquella era la única vez que le había agradado verla en otro ser. Y era curioso. Porque, aun así, sentía que Hugo tenía una parte de él mismo suya y solo suya, que él nunca podría tocar. Demasiado humana. Tan humana que quizá… ¿le hacía fuerte?

Retiró esos pensamientos de su mente.

Incómodo, se recriminó que Némesis quizá lo estuviera cambiando demasiado.

—Y ¿bien? —preguntó Hugo—. ¿Qué dicen los ángeles sobre la existencia de este mundo?

—¿Sabías que eres el único de aquí que se atreve a preguntarme sobre mi mundo?

—¿No me digas? Yo pensaba que directamente era el único que se atrevía a hablarte.

—En realidad, eso es cierto. Tú y los Delirantes.

Hugo volvió a reír.

—Era una broma, Alen.

El ángel pasó eso por alto.

—A los míos no les gusta hablar de Némesis —dijo—. No les gusta recordar que existe algo más allá de su perfección. Pero cuando tienen que explicarlo… suelen decir algo parecido a vosotros. Dicen que de cada cosa en el mundo hay un opuesto. Y Némesis es el reflejo necesario de nuestro mundo. La noche a su día. El negro a su blanco. El caos a su orden. La mortalidad frente a su inmortalidad.

—A veces me sorprende lo parecidas que son las cosas entre distintos lugares.

—No debería. Piénsalo: desde el principio de los tiempos los humanos y otros seres han estado viniendo a esta ciudad. Te lo dije cuando me hablabas de asuntos como la mitología o las… ¿religiones, las llamabas?, de tu mundo. Las cosas que han visto aquí se reflejan en los mundos de procedencia de los distintos seres.

—Y por eso conocemos a los ángeles —apuntó Hugo—. Porque te vieron a ti y escucharon acerca de ti.

—Es parte de la explicación, sí.

Entonces, en cuestión de instantes, el rostro del humano se ensombreció. Alen lo miró, incapaz, por una vez, de saber qué pasaba por su mente.

Era imposible que se esperara que alguien le hiciera esa pregunta, cuando nunca nadie en Némesis se había atrevido.

—¿Qué hiciste, Alen?

Supo al instante a qué se refería. Y no pudo contener su reacción. No pudo evitar enfurecerse.

Tenía agallas, aquel humano.

—¿Cómo te atreves? —preguntó elevando la voz.

—Creo —respondió el hombre— que de una manera u otra me he ganado el derecho a saberlo.

—Ese es un pensamiento audaz.

—No tanto. —Hugo se encogió de hombros—. Gracias a mí, ya no estás solo en Némesis. Te he contado toda mi historia. Quiero conocer la tuya.

—¿Con qué propósito? No cambiaría nada para ti el conocerla. No tiene nada que ver contigo, te lo aseguro. No tiene nada que ver con nadie.

—Es normal querer saber la historia de aquellos que te importan.

Se miraron durante unos instantes, la humanidad desbocada contra la contención más absoluta. Al final Alen acabó relajando su postura y volviendo a plegar parcialmente sus alas. Pensó para sí mismo que, con el tiempo, aquel humano iba a ser su perdición.

—Desafié a alguien —dijo tan solo—. Me creí superior a alguien a quien no debería haber desafiado. Me creí más perfecto. Y esa es una de las mayores afrentas que uno de los míos puede cometer. Por eso me gané un castigo absoluto, eterno.

—¿A quién…?

Le lanzó una mirada de advertencia.

—Es suficiente. Y no es como si pudiera hablarle de ello a un humano.

Hugo no le quitaba los ojos de encima.

Aquello empezaba a convertirse en una molestia, pensó Alen.

Hasta que el humano volvió a hablarle.

—Ya te lo he dicho —le recordó con suavidad. Se incorporó un poco—. En mi mundo se habla de ti. Del ángel caído.

Alen se mantuvo en silencio.

—Tienes muchos nombres. Incluso se recuerda tu nombre del tiempo en el que estabas con los tuyos.

—Hugo —le cortó el ángel—. Si lo pronuncias, juro que te mataré.

Para la sorpresa de Alen, Hugo se echó a reír. Sin detener sus carcajadas se levantó, aparentemente ya recompuesto del ataque del Delirante. Estiró brazos y piernas bajo su atenta mirada. Y ya antes de que el hombre abriera la boca, él ya había pensado en eso.

—Pero, Alen, tú no podrías matarme. —Empezó a andar, pero se dio la vuelta para añadir—. Soy el único que consigue hacerte olvidar tu hogar, ¿a que sí?

«Maldito seas», pensó Alen mientras observaba cómo se alejaba.

Maldito, maldito humano.

Pero, aun así, no pudo evitar comenzar a andar detrás de él. Y así sería hasta la muerte de Hugo.

Mientras, ante aquella mirada inquisidora del ángel, la chica sintió que cierto tipo de miedo llenaba sus pulmones, viajaba por sus venas, invadía su corazón. No pudo saber exactamente por qué.

Pero sí sentía que lo peor estaba por llegar.

Sus músculos se congelaban mientras el rostro de Alen adquiría de nuevo una frialdad amenazadora.

Plataforma
Editorial

Apdo. de correos:
12014 FD

08080 BARCELONA

Libros con *autenticidad* y *sentido*
www.plataformaeditorial.com
info@plataformaeditorial.com

**RESPUESTA
COMERCIAL**

Con mucho gusto le remitiremos información periódica y detallada sobre nuestras publicaciones. Por favor, rellene esta tarjeta (si es posible en MAYÚSCULAS) e indique los temas de su interés. Las 100 primeras personas que cada mes nos remitan esta tarjeta recibirán un libro de regalo a elección de la editorial. (*Condiciones aplicables solamente al territorio español.*)

- ☐ Autoayuda y desarrollo personal
- ☐ Emprendimiento y empresa
- ☐ Salud
- ☐ Deporte
- ☐ Educación
- ☐ Narrativa contemporánea
- ☐ Narrativa histórica

- ☐ Narrativa policíaca
- ☐ Narrativa juvenil
- ☐ Chindia (una puerta a Oriente)
- ☐ Biografías / Testimonios
- ☐ Historia
- ☐ Cocina

- ☐ Libros ilustrados
- ☐ Clásicos del siglo xix y xx
- ☐ Patio (libros infantiles)
- ☐ Ciencia
- ☐ Libros que levantan el ánimo (*Feel Good Books*)
- ☐ Newsletter (4 al año)
- ☐ Catálogo

SUGERENCIAS . . . .

¿EN QUÉ LIBRO ENCONTRÓ ESTA TARJETA? . . . .

APELLIDOS . . . . NOMBRE . . . .

PROFESIÓN . . . . FECHA DE NACIMIENTO . . . . . .

DIRECCIÓN . . . .

POBLACIÓN . . . . C.P. . . . .

PROVINCIA . . . . TELÉFONO . . . .

CORREO ELECTRÓNICO . . . .

—¿Por qué quieres saber todo esto? —volvió a preguntar. Esta vez su voz sonó diferente.

Serena entreabrió la boca, pero ningún sonido salió de ella. Y entonces el ángel hizo la pregunta. La que tanto temía.

—Tú sabes dónde está él, ¿no es así? Pascal.

La respiración de la chica se paró en cuanto escuchó ese nombre.

Ni siquiera pudo pensar. Ni siquiera pudo intentar negarlo, no a quien tenía delante.

—¿Cómo sabes tú…?

Las comisuras de la boca de Alen, en un gesto de superioridad que por un instante rompió su imperturbabilidad, se curvaron hacia arriba. Empezó a hablar, separándose un poco de la chica.

—No se sabe muy bien cuándo, ni cómo ocurrió, ni por qué. Y pocos en Némesis lo saben ahora. Pero pasó lo que nunca debió de haber pasado. Dos Delirantes, Melancolía y el horrible Euforia, yacieron juntos. Melancolía quedó embarazada de un niño.

No. ¡No!

—Cuentan que ya desde recién nacido era horripilante. Un niño imperturbable que no reaccionaba ante nada de lo que ocurría a su alrededor. Los rumores sobre él se sucedían día y noche, aunque nadie se atrevía a hablar muy alto, no fuera a desatarse la cólera de los señores del Delirio. Creció aislado en un aposento del palacio de Melancolía, sin pisar el exterior, sin conocer a nadie que no fueran sus padres o sus víctimas. Nadie soportaba su presencia, puede que ni siquiera su madre.

»Yo fui a verlo pasados unos años. Entonces lo entendí. Al ser opuestos, los rasgos y los genes de Melancolía y de Euforia se anulaban entre sí dentro del chico. Él no sentía nada, no reaccionaba ante nada. Hablaba y se movía casi como un humano corriente, pero por dentro parecía vacío. Me impresionó como nadie me había impresionado nunca, porque era la perfección de nuestra raza... Era lo que los ángeles intentan conseguir a lo largo de la eternidad. Allí estaba, chica del león negro..., delante de mis ojos.

»Pero sus padres, señores del Delirio, no lo soportaban. Y años más tarde, cuando el chico ya era un adolescente, decidieron que harían con él lo que habían hecho con tantos otros. Los dos, Melancolía y Euforia, invadieron su mente. Lo obligaron a hacer el trato. Pensaron que así podría sentir algo. Pensaron que eso arreglaría al monstruo que habían creado.

»Se equivocaron.

»El chico se volvió loco.

Serena, ahora sí, tenía sus ojos bañados en lágrimas. El león le limpiaba las mejillas a lametazos, pero ella no se daba cuenta. Cada palabra que Alen decía con su tono desprovisto de emoción era como un cuchillo que se clavaba en su corazón.

—Pasaba de la tristeza más horrenda a la alegría más destructiva en poco tiempo —continuó Alen. Parecía, incluso, disfrutar narrando aquello—. No tenía término medio. Era incontrolable. Al final acabó haciendo lo que nunca había hecho: escaparse de casa. Durante días vagó solo por las calles de Némesis, huyendo de sus padres, pero no de lo que estos le habían hecho a su mente.

»Así fue como se lo encontró Hugo.

»Yo ya le había hablado a tu padre del chico. Le había contado lo que Euforia y Melancolía habían decidido hacerle. Por eso lo reconoció casi de inmediato cuando lo vio riéndose desquiciado en un oscuro callejón y le dijo que se llamaba Pascal. Lo que yo no sabía era que Hugo había pensado en una forma de ayudar a aquel chico. Y, cuando le preguntó a Pascal si quería irse lejos de la influencia de sus padres, este dijo que sí sin dudarlo un segundo.

»Hugo había pensado, tras darle muchas vueltas al asunto, que si para Pascal el trato había tenido tanta fuerza, era porque se trataba del único niño que había sido concebido y había nacido en Némesis. Que había vivido desde su nacimiento en este mundo, que no conocía nada más. Por eso los Delirantes tenían tanto poder sobre él. Así que antes de que yo pudiera advertirle contra ello… se lo llevó a su mundo, donde el vínculo se debilitaría.

»¿Entiendes ahora por qué lo llamaban el Ladrón? ¿Entiendes por qué Melancolía cargó con toda su fuerza contra él hasta que consumió por dentro a la persona que había soportado cientos de tratos? ¿Entiendes por qué murió tu padre, lo que hizo, por qué le pudo su audacia al final? ¿Entiendes lo que los Delirantes te harían si se enteraran de que tú sabes dónde se encuentra Pascal?

El ángel finalizó su discurso. Fue como si, por primera vez desde que había comenzado a hablar, se fijara en el rostro de la chica que tenía enfrente: vio las lágrimas, vio el terror. Y, de alguna manera, lo supo.

—Tú lo amas. Tú quieres salvarlo…

Ella lo miró desesperada.

—No puedes convertirlo en lo que no es, chica del león negro. No puedes cambiar su naturaleza por mucho que pelees. Ese chico está condenado al Delirio desde el día en que nació…

Serena, incapaz de aguantar más dolor, se levantó y echó a correr.

CAPÍTULO XIV

Otra vez la sala cerrada. Otra vez aquellos misteriosos relojes, todos sin avanzar, todos marcando las 4:48. Miró a la mesa. Vio la campana de cristal. No quiso, pero tuvo que acercarse y volver a cogerla. No quiso darse la vuelta, pero el perro negro estaba allí. Y no por ser conocido dejó de angustiarlo. Al contrario. Le invadía la desesperación porque él quería zafarse de todo aquello, pero no podía. Porque todo se repetía. Porque no podía escapar de todo eso y nunca podría. Porque era imposible tener esperanza de esa manera.

Le pareció que corría durante mucho más rato, hasta que, derrotado y con los ojos hinchados por las lágrimas, besó con sus rodillas el frío suelo. Ya no fue un perro el que se acercó a él. Fue la mujer.

En esta ocasión, su cuerpo estaba envuelto en un montón de cadenas.

Y a ella no parecían disgustarle.

—Pascal. —Se arrodilló junto a él y puso una de sus manos sobre su cuello. El chico sintió, con pavor, cómo una cadena comenzaba a rodearle la garganta. El frío acero quemaba su piel allá donde la tocaba—. Ven conmigo para que te haga libre de una vez por todas…

La cadena comenzó a apretar. Se asfixiaba.

Y mientras desfallecía solo pudo ver los ojos de la mujer, que contemplaban su agonía embelesados.

Esta vez Pascal se había quedado dormido en su cama mientras ella escribía. Se había preocupado, pero sin saber exactamente qué hacer, al final había decidido dejarlo descansar un rato. Además, ella tenía que trabajar. Estaba revisando una y otra vez sus pequeñas libretas, intentando encontrar una idea entre sus anotaciones que pudiera crecer y crecer hasta convertirse en una novela. Era lo bueno de ir apuntando todas las ocurrencias que tenía. No pasaba nada si durante una temporada se quedaba sin inspiración.

Esa era otra de las cosas por las cuales Serena pensaba que el trabajo y el esfuerzo vencían a cosas como el talento o la inspiración.

Trabajar, trabajar, trabajar.

Trabajar para que, de este modo, nada más pudiera acudir a su mente.

Trabajar para que aquello que había descubierto en Némesis no la rompiera por dentro.

Calibrar las diferentes ideas que tenía apuntadas, poner marcas en aquellas que más le gustaban, intentar no pensar.

Intentar ignorar que su respiración estaba más acelerada de lo normal, que tenía un nudo en la garganta, que el pulso le temblaba.

Trabajar, trabajar, trabajar. Trabajar y no pensar.

Cuando estaba a punto de conseguirlo, de concentrarse por completo en los papeles que tenía delante de ella, fue cuando se dio cuenta de que algo no marchaba bien en el sueño de Pascal. El chico se movía inquieto en la cama y respiraba entrecortadamente.

Serena corrió a su lado. Gotas de sudor bañaban su frente, y de vez en cuando de su boca salía algún quejido ahogado. La chica observó su expresión de sufrimiento y se asustó.

—Oye, Pascal —dijo, intentando despertarlo con suavidad. No surtió efecto. El chico empezó a hiperventilar por la boca.

—¡Pascal!

Con violencia, él abrió los ojos.

Pareció no reconocerla durante unos segundos que a Serena se le hicieron interminables. Y dolorosos.

Pero, cuando su vista se centró, abrazó a la chica con todas sus fuerzas.

—Tranquilo, tranquilo —le susurraba ella al oído mientras le acariciaba suavemente el pelo—, solo ha sido un sueño.

Estuvo tranquilizándolo un buen rato, rodeándolo con los brazos, hablándole suavemente, pendiente de su respiración y del latido de su corazón, que Serena podía sentir. Al final Pascal se separó de ella y la miró, entre triste y avergonzado. La chica intentó sonreír cariñosamente.

—Soy como un crío —dijo él, con la voz cargada de dolor.

—No. Todos tenemos pesadillas y no nos viene mal algo de consuelo al despertar.

—A veces la realidad parece tan desdibujada y las pesadillas tan reales…

Pascal sacudió la cabeza, como si quisiera dejar de pensar en eso. Y Serena no pudo evitar, esta vez sí, mirarlo teniendo en mente todo lo que Alen le había dicho la noche pasada en Némesis. Fue como si una ola de imágenes, recuerdos y sentimientos se le viniera encima.

Era difícil de asumir.

Su amor, hijo de Euforia y Melancolía. Su amor, el niño del Delirio. Su amor, príncipe no coronado de Némesis.

No sabía qué hacer.

Y tenía tanto miedo de que eso cambiara lo que Pascal, su Pascal, era para ella. Tanto, tanto miedo.

Y, entonces, fue ella la que lo abrazó, con todas sus fuerzas, como si alguien pudiera apartarlo de su lado. En ese momento tenía más miedo que nunca. Pascal se quedó rígido un momento, sorprendido por el ímpetu de la muchacha, y luego le devolvió el abrazo.

—Estoy bien, Serena. Solo ha sido un sueño. Voy a intentar no ponerme mal por ello, te lo prometo.

—No es eso…

Se separaron y se miraron, los ojos de ella cargados de emoción. Intentó descifrar cómo estaba Pascal, si su ánimo estaba lo suficientemente calmado como para contarle lo que ella era incapaz de callar. Se maldijo a sí misma, porque sería mucho mejor si hubiese podido aguantar el peso de lo que sabía sola. Pero no siempre podía ser fuerte. Tan solo lamentaba, con todo su ser, que el que tuviera que ayudarla fuera alguien que ni siquiera podía ayudarse a sí mismo.

—¿Ha ocurrido algo? —preguntó Pascal.

Serena cogió aire.

Y, con voz temblorosa al principio, se lo contó todo.

Cómo se le había ocurrido ir a buscar a Alen. Todo lo que él le había dicho de su padre. Todo lo que le habían contado sobre él mismo.

Pascal solo la detuvo una vez: cuando ella insinuó que los Delirantes podrían enfurecerse si sabían que ella estaba con él en su mundo.

—¿Te dijo que corrías peligro?

—No —respondió Serena—. No mientras ellos no sepan nada.

Pascal asintió, con el ceño fruncido, y la dejó continuar.

Cuando acabó, Serena escudriñó el rostro del muchacho, buscando algún rastro del daño que le habría causado con su historia. Pero la expresión de Pascal estaba curiosamente impertérrita. No supo si eso era bueno o malo.

—¿Qué piensas de todo eso? —se atrevió a preguntar con cautela.

Pascal, esta vez sí, suspiró. Y sus ojos se llenaron de tristeza.

—Me siento vacío, ¿sabes? —respondió—. Tanto tiempo queriendo saberlo, buscando un sentido para lo que me pasa, rabiando por no recordar quién soy... y ahora que tengo la verdad ante mí y que esta es mucho más grande y terrible de lo que nunca habría imaginado, me siento vacío. Es lo de siempre, Serena: y ahora ¿qué?

Oh, no. Eso no.

Fue curioso. Cada palabra de Pascal le hacía daño, pero de alguna manera también le provocaba un deseo de rebelarse contra ello, de dar un golpe en la mesa, de decir que ya no más.

Y es que así era Serena.

Las luchas de Pascal acababan siendo su fuerza.

—Y ahora ¿qué? —La rabia impregnaba su voz—. No, Pascal. Encontraré una manera. No me importa quién seas, quiénes sean tus padres, de dónde hayas venido. Encontraré una manera, ¿me oyes?, de curar tu trastorno. Si algo demostró muy bien mi padre es que los tratos se pueden revertir, que los trastornos se curan. Él te trajo hasta aquí pensando que había esperanza para ti, que podría darte un futuro al margen de Némesis, y yo voy a finalizar lo que hizo.

—Y ¿si no hay una manera, Serena?

—La hay. Estoy convencida de ello. Y voy a encontrarla.

—Pero no quiero que te pongas en peligro por mí…

—Ya es un poco tarde para eso, ¿no crees?

Los ojos de Pascal, al oír eso, se llenaron de dolor. Serena se dio cuenta demasiado tarde de lo que había dicho, pero no perdió su ímpetu.

—No, Pascal —dijo—. Tú me lo comentas siempre: que hace falta más valor para dejarse ayudar que para afrontar por ti mismo tus problemas. Tú eres más valiente que yo en ese sentido. Necesito que confíes en mí, en nosotros —le tomó la mano—, en que tú eres mi fuerza y que, mientras sigas creyendo en mí, nunca voy a estar sola en Némesis.

Pascal esbozó una sonrisa torcida. Pero Serena siguió hablando.

—«El amor es riesgo y confianza en que ese riesgo merece la pena y acabará bien» —le recordó.

—Pero, si tuviera que ser al contrario, tú nunca te dejarías ayudar —protestó el chico débilmente.

—Cada uno a lo que mejor se le da, cariño.

El chico, al oír esto, sonrió levemente. La suya era una de esas sonrisas entrañables, tan características de Pascal, llenas de dulzura, tristeza y un poco de esperanza. Una de esas sonrisas que suavizaban un poco sus luchas. Y Serena no pudo contenerse.

—¿Tú qué quieres, Pascal?

El chico la miró extrañado.

—¿A qué te refieres?

—¿Qué deseas? Si tuvieras que luchar contra todo, ¿por qué lo harías?

Él pareció pensarlo durante unos largos instantes, como si lo hubiera pillado desprevenido. Serena aguantó su respuesta con el corazón encogido.

—No te voy a engañar. A veces haría lo que fuera solo por estar sin lo que me pasa, sin los bajones, sin los periodos maníacos y el sentimiento de vacío cuando se pasan, sin las pastillas, los médicos, la vida cortada. Pero, sobre todo… —dudó—, creo que lucharía por poder estar contigo y no hacerte daño por lo que tengo. Por poder disfrutar de estar a tu lado. Y por no ponerte en peligro cada noche. Estoy harto de esta impotencia de saber que tú eres mi armadura, y que no me llevo los golpes porque tú estás entre el mundo y yo. Es difícil, preciosa. Realmente creo que estaría dispuesto a aguantar esto toda mi vida si pudiera estar contigo. Pero tú y yo no tenemos futuro si mi trastorno sigue aquí, ¿verdad…?

Serena lo miró.

—Confía en mí. —Fue lo único que pudo decir—. Confía, Pascal.

CAPÍTULO XV

¿Confiar? Habría podido confiar. Habría podido quedarse en casa, tomarse el calmante, dormir profundamente, tratar de olvidarse de que, en otro mundo, Serena peleaba por él. Aunque aquella noche la chica le dijo que se la iba a tomar de descanso.

Pero había recordado sus sueños de desesperación. Los relojes siempre parados, la campana de cristal, el perro negro persiguiéndolo.

La mujer. Y su horripilante mirada.

Pascal se sentía atrapado. Y, justo al irse de casa de Serena, comenzó a crecer dentro de él esa urgencia por hacer algo radical, por cambiar las cosas, que a veces lo dominaba. Su cabeza bullía a toda velocidad, elaborando planes, teniendo ideas que desechaba al instante, hasta que encontró una que lo convenció. Empezó a darle vueltas. Lo obsesionaba.

Era una locura.

Y, por eso mismo, tenía que hacerlo.

No se paró a analizar por qué sentía eso, como tantas veces le habían dicho sus numerosos psicólogos. Tomó sus sentimientos y sus pensamientos por algo que era estrictamente cierto. No se paró a pensar que, a lo mejor, su repentino ímpetu era a causa de su trastorno. Ni siquiera recordó aquella época en la que tuvieron que mandarle pastillas antiimpulsividad.

Uno de los efectos secundarios de los antidepresivos que Pascal tomaba era que le daban más fuerza, pero el dolor seguía ahí. Y esa fuerza, precisamente, era la que lo llevaba a buscar soluciones radicales para lo mal que se sentía. Las pastillas antiimpulsividad se las habían recetado cuando confesó que el suicidio se encontraba entre las resoluciones que a veces barajaba. Pero esas pastillas se las habían quitado ya. En aquel momento solo tomaba unos antidepresivos cuya marca le habían cambiado hacía poco y los calmantes para dormir. La verdad era que los médicos ya no sabían muy bien qué hacer con él.

Y era una pena, porque si hubieran tratado el trastorno de Pascal con más acierto, quizá no habría hecho eso.

Pero nadie iba a afrontar por el chico lo que él mismo era incapaz de parar. Nadie podía luchar dentro de su cabeza por él.

Así que antes de cenar ya estaba completamente decidido. El ataque de impulsividad se le pasó al poco rato, pero no por ello se le fue la determinación.

Sentía que le debía demasiado a Serena. Por una vez, tenía que ser él mismo el que diera la cara, el que saliera en busca de soluciones. Incluso cuando se fue el impulso de su trastorno, las razones seguían allí. Y la idea. La descabellada idea.

Una de las características de ser alguien como Pascal era que, cuando se quería hacer algo, lo mejor era realizarlo cuanto antes, porque nunca se sabía cuándo la tristeza iba a inmovilizarlo o cuándo iba a perder la lucidez. Por eso, ignorando sus incontrolables pensamientos, que una vez que se había decidido a hacer algo se dedicaban a sabotear la decisión que tanto trabajo le había costado tomar («Es más fácil controlar tus conductas que tus pensamientos», decían los psicólogos), se puso en marcha.

Salió silenciosamente de casa. Sus padres ya se habían ido a dormir, así que no fue ningún problema escabullirse. Una vez que hubo traspasado la verja del jardín y salido a la carretera, se paró un momento, a respirar la brisa nocturna. Miró hacia arriba. El cielo estaba cubierto de estrellas.

Pero él no miraba aquellas luces.

Solía imaginar que, desde arriba, la única persona que había comprendido realmente su trastorno, aquel que lo había dado todo por él (ahora sabía hasta qué punto), lo guardaba.

—Hugo —susurró en medio de la noche—. Dame fuerzas.

Siempre pensaba que Serena se parecía a él más de lo que creía. Esa dedicación, esa pasión, ese vivir para los demás, eran de su padre.

Pensando en ello, echó a andar. Sus pasos eran ligeros. Intentaba mantener su mente, su maltrecha y defectuosa mente, a raya. La tranquilidad de la noche lo ayudó a ello. Caminó acompañado de las siluetas de los árboles y del sonido del viento entre las hojas, escalofríos que le provocaba aquella noche todavía fría. No se cruzó con ningún coche, pero, aun así, decidió mantenerse a un lado de la carretera. En menos de lo que hubiera dicho, estaba otra vez dentro del jardín de Serena. Con precaución, examinó un rato las ventanas de la casa. Pero la vivienda se encontraba completamente a oscuras y en silencio. Sin duda, Lisa y su hija ya estaban durmiendo.

Él no entró en la casa. Con el corazón latiendo cada vez más rápido, fue por uno de los lados del jardín, rodeando el edificio hasta llegar a la parte trasera del terreno. El lugar en el que se encontraba el cobertizo. Al verlo, Pascal volvió a pararse.

Se decía que tenía que estar tranquilo, pero una cosa era pensarlo y otra conseguirlo realmente. Aun así, en movimiento, haciendo algo, actuando, se sentía mejor. A la carrera, fue a dar los últimos pasos que lo separaban del edificio. Pero un ruido a su espalda lo detuvo.

Se dio la vuelta, asustado. Su temor cambió a otro tipo de nerviosismo cuando vio quién se encontraba a su espalda.

Lisa.

Lo miraba con expresión triste, algo que a Pascal le sorprendió. Casi melancólica. Casi perdida en sus recuerdos. Y sospechó que no tendría que explicarle mucho, porque ella sabía más de lo que había parecido a lo largo de esos años.

Su cruce de miradas duró unos largos segundos. Al final, fue la mujer la que habló.

—¿Adónde vas, Pascal?

El chico se lo pensó.

Pero solo había una respuesta posible.

—A enfrentarme con los monstruos de mi mente.

—Mi marido no se jugó la vida para que luego tú volvieras a ese mundo —dijo Lisa—. Mi hija no arriesga todo lo que tiene para que luego tú decidas echarlo todo por tierra.

—Lisa...

—No vayas, Pascal. No hay nada en ese infierno para ti.

Los ojos de Pascal se llenaron de lágrimas, y el chico sintió cómo poco a poco se le entrecortaba la respiración. Las palabras de la madre de Serena, sus ojos cargados de sentimiento, le hacían daño, más daño del que nunca se hubiera esperado. Pero entendía que delante de él tenía a la que quizá fuera la mayor víctima de Némesis. Alguien a quien se lo había quitado todo. No podía evitar sentirse culpable, porque las personas a las que Lisa más quería se habían arriesgado... por él.

Y era estúpido, porque él no valía nada. Ni siquiera había podido con lo que fuera que ocurría en su mente. Le había prometido en la carta a Serena que sería valiente, que se recuperaría para poder estar con ella bien de una vez por todas, pero no lo había cumplido.

Y, sin embargo, a pesar de todo, allí tenía a la madre. Intentando protegerlo, una vez más.

¿Por qué todos se empeñaban en convertirse en su armadura? ¿Por qué no le dejaban que se llevara el daño que se merecía? ¿Por qué seguían escudándole?

No tenía sentido. Nunca lo había tenido, y ahora menos que nunca.

—No puedo, Lisa. —Su voz salía mucho más afectada de lo que él habría deseado. Sonaba débil, como lo era siempre—. No puedo dejar que nadie más se arriesgue por mí. No puedo seguir de brazos cruzados. Entiéndelo, por favor. No os merecéis esto.

—No lo comprendes, cielo. No hay nada peor que perder a aquel a quien amas, te lo digo por experiencia. Es algo que destruye una parte de ti, y ya nunca te recuperas de eso. Aprendes a vivir herido de muerte.

Pascal la miró largamente; las lágrimas corrían silenciosamente por sus mejillas.

—No quiero que mi hija pase por lo mismo por lo que pasé yo —continuó Lisa—. ¿Puedes entender eso, Pascal?

Se quedaron en silencio unos segundos, abatidos, ahogados en el momento.

Pero entonces el susurro de Pascal rompió la noche.

—*Because love by its nature desires a future.*

Lisa levantó la cabeza.

—¿Qué dices?

—*Because love by its nature desires a future* —repitió el chico—. El amor, por su propia naturaleza, necesita un futuro. Es la frase favorita de Serena, en lo que ella cree, por lo que ha luchado siempre. Serena y yo necesitamos ese futuro, Lisa. Déjame ir a buscarlo, por favor.

La madre de Serena lo miró durante un instante que se le hizo eterno. Pero al final sus ojos se habían llenado de una rendición triste, la de alguien que está acostumbrado a no poder parar el mundo por mucho que lo necesite.

Se dio la vuelta. Pero antes de marcharse del todo, tuvo tiempo para decirle unas palabras más al muchacho.

—No hay futuro si no vuelves de Némesis o si te atrapan, Pascal. Recuerda eso.

—Voy a volver.

«Oh —pensó Lisa al oír eso—, pero hay quien dice que tan solo se puede volver a aquel lugar al que se llama hogar, y puede que el tuyo sea Némesis, niño. Puede que ya estés volviendo con esto. Y marcharte de allí nuevamente te será muy difícil.»

Sin embargo, no lo dijo en voz alta. No quiso ver a Pascal dirigiéndose a esa puerta que tantas veces había cruzado su marido por mucho que ella le suplicara que no lo hiciera, y que había acabado por arrebatárselo.

Pascal se quedó solo, y se dirigió nuevamente al cobertizo. Nunca había entrado, pero Serena se lo había descrito en un par de ocasiones y no le sorprendió lo que vio. Allí estaban los dos espejos con aspecto de antiguos: uno en horizontal, tal como la chica debía de haberlo dejado, otro en vertical.

Ya no había vuelta atrás.

Puso el espejo de la derecha en posición vertical. Se colocó entre los dos cristales. Intentó no pensar en que no sabía cómo funcionaba aquel sistema para volver de Némesis. Intentó no pensar en nada.

Miró a sus infinitos reflejos.

Hasta que uno de ellos, sin que él se moviera, lo señaló con la mano y comenzó a reírse exageradamente de él.

Reía. Reía. Reía.

Le hacía sentirse ridículo.

Pese a su repulsión, Pascal se concentró en ese reflejo. Todo lo que lo rodeaba comenzó a desaparecer. Fue fácil, muy fácil. El viento lo arrastró con especial fuerza, como si llevara mucho tiempo deseando hacer eso. Los anodinos corredores pasaron con especial rapidez.

Fue tan fácil como volver a casa.

Las oía tan alto que la mente le dolía y el alma le estallaba.

Una melodía de piano triste.

Una carcajada enloquecida.

Una melodía de piano tristísima.

Y una carcajada histérica.

Había olvidado lo que era eso. Había olvidado demasiadas cosas.

Ella estaba recorriendo despacio la calle. Hacía un par de días que se preguntaba si debía buscar algún Enlace, con qué Delirante le convenía hacer un trato, si realmente merecía la pena y podría aguantarlo. Empezaba a sentirse contra las cuerdas. Después del éxito internacional de su primera novela, su editor se le había echado encima y cada vez tenía más prisa por sacar un nuevo libro. Pero ella se había quedado vacía de ideas.

Había llegado a Némesis por pura casualidad. Aquella era la sexta visita que hacía a ese mundo, y ya conocía aproximadamente su funcionamiento. ¿Debía arriesgarse a hacer un trato con un señor del Delirio? ¿Podría aguantarlo? ¿Mejoraría realmente su escritura?

Así reflexionaba cuando, de repente, vio a alguien surgir de detrás de una puerta algo escondida en un rincón de la calle. En un principio lo miró solo con curiosidad, ya que sabía que la mayoría de los que llegaban desde su mundo a Némesis, como ella misma, lo hacían a través de aquellos oscuros y escondidos sótanos. Pero cuando lo examinó con mayor concentración empezó a preocuparse.

Era un chico muy joven. Andaba trastabillando, con las manos a ambos lados de la cabeza.

De repente, levantó el rostro hacia el cielo y comenzó a reírse.

Era una carcajada horrible.

Pero ella observó, con temor, que mientras se reía, de sus ojos comenzaban a brotar ríos de lágrimas.

La escritora dio un paso hacia él, sin saber muy bien qué hacer. Pero entonces el joven se volvió para mirarla. O algo parecido. Sus ojos estaban orientados hacia ella, pero no parecían verla.

Y en ese momento el chico gritó.

—¡Ya he vuelto! —Lo observaba horrorizada—. ¡Ya soy vuestro! ¡He vuelto, he vuelto! ¿Me oís? ¡Un feliz regreso a la jaula!

Ella no lo soportó más.

Corriendo con todas las fuerzas que le permitían sus piernas, se alejó de aquel enloquecido muchacho.

SEGUNDA PARTE

CAPÍTULO XVI

Lo siento, Serena. Perdiste a tu amor.

O quizá sea él el que se haya perdido a sí mismo.

¿Tú qué opinas, intruso?

Ahora el sacrificio ha cambiado de manos. Pascal tendría que haber sido más listo, haber sabido que si ponía un pie en Némesis, ya no habría Ladrón, ni chica del león negro, ni ángel, ni siquiera un guardián desde las sombras como yo, que pudiera salvarlo. Y ¿si lo hubiera sabido? ¿Se habría echado atrás? A veces es difícil saber si el que está pensando dentro de esa cabeza es Pascal, es su miedo, son sus padres o es su amor por Serena.

Pobre, pobre Pascal.

El precio que se te ha puesto es demasiado alto.

Sé por qué Serena se enamoró de él, ¿sabes, intruso? En el mundo de la chica, aparte de sus monstruos, Pascal por sí mismo tenía algo. Parecía agua, parecía un refugio, un paisaje contemplado desde lo más alto de una montaña. Un cielo de color cálido. Pascal era bueno, con ese tipo de bondad que es carismática por sí sola, que vence a la tristeza y a la alegría, que hacía que él siguiera siendo él por encima de las batallas que libraba en su interior.

Y ahora, aquí estás, Pascal.

Creo que Némesis, de alguna manera, te esperaba. No sé de dónde has sacado esa habilidad para, sin hacer casi nada, conseguir que todo gire a tu alrededor.

Y sin embargo, Pascal, nos estás fallando.

Hugo no se sacrificó para que acabaras enloqueciendo de esta manera. Quizá Serena pueda salvar al mundo, pero tú tienes que salvarla de ella misma. Esa es tu grandeza.

Pobre, pobre Pascal. Lo siento.

Porque vas a sufrir como el héroe invisible que eres.

Quizás, en realidad, tú seas el fuerte.

Quizás.

El chico bañado en luz blanca.

Esto demuestra que, por mucho que Serena quiera intentar dejarte al margen, ella no tiene una historia sin la tuya, y al revés. Es a ti a quien Némesis quiere devorar. Tú eres ese hilo conductor, esa estrella que ha embelesado y que tira de la chica del león negro.

¿Qué darás de ti mismo?

No lo entendiste. Eras un blanco demasiado fácil.

Pobre, pobre Pascal. El mundo mirándote y quién sabe lo que te ocurrirá. ¿Estás loco? ¿No te queda nada de cordura? ¿No te queda ningún recuerdo? ¿No sabes quién eras?

Al chico bañado en luz blanca se lo ha tragado la noche.

Oye, Pascal, dime, ¿la salvarás?

CAPÍTULO XVII

La escena que se desarrollaba ante los ojos de Serena era extraña, pero, aun así, ella estaba tranquila. En el fondo de su corazón sabía que allí se encontraba a salvo. Nadie le haría daño. Sentía ese tipo de paz que llena por dentro.

Miró a su león asombrada de ver su pelaje, por primera vez, brillando a la luz del sol. Era realmente hermoso. El animal caminaba tranquilo, relajado, e incluso de vez en cuando movía la cola, como si más que un terrible león se tratara de un gato con ganas de jugar. Ella sonrió, apacible. Era increíble poder tener por fin un momento de descanso.

Ante sus ojos se extendía una pradera interminable, un mar de hierba infinito tan solo cruzado por un sendero que se perdía hacia el horizonte. El sol bajo y el color suave del cielo revelaban un amanecer, uno de los más hermosos que ella había presenciado. El verde del prado parecía recién sacado de una mañana de verano. El silencio lo inundaba todo, pero se trataba de ese silencio que provoca la calma interior en lugar de la inquietud. Echó a andar mientras la hierba acariciaba sus pies descalzos. El paisaje era realmente precioso.

Y entre todo eso estaban las pompas.

Cientos, miles de pompas de jabón, flotaban en el aire. Parecían nacer de la hierba y elevarse hasta las nubes, algunas en línea vertical, otras haciendo curvas. Varias dieron vueltas alrededor de Serena, y la chica rio al verlas. Extendió una mano y una de ellas se posó suavemente en sus dedos. La chica se maravilló con los colores que reflejaban su superficie. Las pompas danzaban casi como si estuvieran vivas y le provocaban una alegría inexplicable. Ella y su león caminaron lentamente por el sendero, mirando a todos lados, disfrutando, dejándose invadir por aquella inexpugnable calma. El paisaje y el ambiente se les habían colado por los ojos y habían llegado a sus corazones.

Entonces algo apareció a lo lejos, en el sendero, caminando en dirección a ellos. Serena agudizó la vista. Se sorprendió. Fue difícil enfocar la mirada sobre ello porque tenía los mismos colores que el paisaje, pero acabó por distinguirlo bien. Recordó que no era la primera vez que veía algo así.

Se trataba de una silueta humana, pero transparente. Su cuerpo parecía hecho de agua, al igual que el de la mujer con alas de mariposa que la chica había visto en Némesis. No le costó mucho encontrar esa imagen en su memoria, porque realmente la había impactado. A medida que la figura se acercaba a ella fue capaz de distinguir sus formas masculinas. Cuando se paró a unos pocos pasos de distancia, no pudo negar la realidad. Sin saber por qué, los ojos se le llenaron de lágrimas.

Aquella figura era Pascal.

Serena se acercó a él y extendió una mano, pero no pudo agarrarlo. Sus dedos lo atravesaron, sintiendo el frío del agua.

La chica lo miró. Era tan tan hermoso... Y tan distante a la vez.

Como el mismo Pascal.

Darse cuenta de eso le hizo daño.

—Serena.

Se sobresaltó. Sin embargo, aquella voz no había venido de la figura transparente de Pascal. Aquella voz provenía de todas y cada una de las pompas que flotaban por el aire. Inundaba aquel lugar, como si de una brisa se tratara. No podía escapar nada de ella.

Esperó, con el corazón latiéndole a toda velocidad, a que volviera.

—Serena, la noche se llevó a Pascal. —Realmente parecía venir de todas partes—. Tienes que ir a por él antes de que lo encuentren. No puedes perder a tu amor, preciosa Serena. No puedes.

Lo último que vio la chica, antes de despertar, fue el cuerpo del doble de Pascal estallando y convirtiéndose en pedazos de cristal.

Nada más levantarse había tenido un mal presentimiento. Sabía que era estúpido dejarse afectar por un sueño como ese, por muy real que hubiera parecido, pero necesitaba, aunque solo fuera para tranquilizarse, ver a Pascal.

Mientras salía de casa, sin desayunar, rezaba para que no le hubiera pasado nada, para que tan solo hubiera sido una estúpida pesadilla. Pero a su vez no podía dejar de pensar en la conversación del día anterior, en cómo ella le había pedido, por favor, que confiara, y cómo el muchacho no había parecido del todo convencido.

Serena sabía muy bien lo impotente que a veces se sentía Pascal, lo inútil, lo mucho que le dolía no poder hacer nada. Y a eso le daba vueltas mientras caminaba, temiendo cosas que ni siquiera se atrevía a pensar.

Cuando había recorrido la mitad del camino, no pudo contener su impaciencia y echó a correr. No paró hasta llegar a su destino.

Sus malos presentimientos se intensificaron en cuanto vio a la madre de Pascal en el jardín de la casa, hablando por el teléfono móvil con la expresión tensa. Serena se acercó a ella intentando recuperar el aliento. Cuando la vio, la mujer le hizo un gesto con la mano y despachó con un par de comentarios a su interlocutor.

—Serena, justo ahora iba a llamarte —le dijo.

—¿Qué ocurre?

Las siguientes palabras de la madre del chico se le clavaron en el pecho.

—No sabemos dónde está Pascal. Mi marido ha mirado por toda la casa, ha llamado al hospital, a todos nuestros amigos… Ahora mismo está peinando los alrededores, pero no hay noticias de él. ¿Tú lo has visto? ¿Sabes algo que nos pueda ayudar?

La preocupación brillaba en los ojos de la madre de Pascal mientras Serena intentaba no pensar demasiado rápido, no sacar conclusiones precipitadas.

—No tengo ni idea —mintió—, pero voy a volver a casa por si acaso hubiera ido allí o mi madre supiera algo. Llámame si aparece, por favor.

—Estoy preocupada.

Serena sabía a lo que se refería la madre de Pascal, por qué la preocupaba, incluso mucho más de lo que mostraba, que su hijo no apareciera.

—No creo que haya ocurrido nada grave.

Se fue de allí incluso más rápido de lo que había llegado. Ella tenía otra idea de lo que podía haberle ocurrido a Pascal, y, aunque no era lo que su madre se imaginaba, era una posibilidad igualmente terrible. Y ojalá que no fuera cierta, porque eso significaría que el chico, en cierta medida, ya no creía en ella. Ni en ella ni en sus sueños, su futuro, sus promesas...

Pídeme todo lo que quieras. Me encantará ayudarte.

Oh, vas a ser mi lector esclavo.

Es tu sueño.

No puedes perder a tu amor, preciosa Serena. No puedes.

Because love by its nature desires a future.

Cuando llegó otra vez a su casa, no entró en la vivienda. Rodeó el jardín y fue hasta el cobertizo, cada vez más nerviosa, más segura de que había pasado lo peor que podría haber pasado. Y, por desgracia, no se equivocaba. Pudo verlo en cuanto abrió la puerta.

Los dos espejos en vertical, uno frente a otro.

Pascal había ido a Némesis.

Su mente se bloqueó. No sabía cómo podía haber ocurrido eso. O en realidad sí, sí que lo sabía, pero no quería admitírselo a sí misma. No tendría que haberle contado todo lo que había averiguado gracias a Alen. No tendría que...

A su espalda, una voz detuvo el caudal de sus pensamientos.

—Laura acaba de llamarme.

Serena se volvió. En la puerta del cobertizo, a poca distancia, estaba Lisa. La miraba con seriedad.

No pudo evitar que su voz se quebrara.

—Mamá, Pascal ha...

La mujer echó un vistazo a su hija primero, y luego, a los espejos que tenía detrás.

Y comprendió, como solía comprender todos los silencios.

—Pascal ha vuelto al lugar del que proviene —afirmó.

—Tengo que traerlo de vuelta, mamá. Antes de que algo le haga daño. Antes de que empeore. El tiempo pasa allí más rápido, ¿sabes? Hemos tardado demasiado en darnos cuenta. Tengo que...

—No, Serena.

La chica no supo si había oído bien.

—¿Perdona?

—No vayas —dijo Lisa, con seriedad—. Némesis ya se llevó a tu padre. Llevo demasiado tiempo aguantando que, primero él y luego tú, vayáis a ese lugar infernal. Él murió al poco tiempo de que Pascal apareciera, y sé que no fue casualidad. Hay algo en ese chico que es peligroso. No vayas, no lo sigas.

Serena miraba a su madre mientras esta pronunciaba sus sinceras palabras. Escuchar lo que su madre decía ayudó a que se calmara y, cuando se hubo tranquilizado, comprendió que su voluntad era absoluta. Con esto en mente, habló.

—Iré, mamá. Iré y lo traeré de vuelta sano y salvo. Lo siento si con ello te hago sufrir, pero necesito hacerlo.

Se dio la vuelta y avanzó hasta colocarse entre los dos espejos. No esperaba contestación de su madre. Ya no.

Pero Lisa tan solo se limitó a preguntar:

—¿Cuándo volverás?

—No lo sé —respondió Serena con tranquilidad—. Lo antes que pueda, te lo prometo.

Se concentró en la imagen del cristal. Esta vez uno de sus reflejos, el que no respondía a sus movimientos, aullaba en silencio.

Serena se obligó a centrarse en él.

Y se forzó a no gritar cuando, arrastrada por el viento, pensó en qué podría haberle ocurrido a Pascal.

CAPÍTULO XVIII

Llevaba una carta en la mano que se suponía que era para alguien de aquel lugar, sí, pero ¿qué importaba eso? Se sentía tan bien, tan increíblemente bien, tan lleno de energía, como si pudiera abrir los brazos y abarcar el mundo entero. Aquel era el mejor momento de su vida, y de alguna manera sabía que solo iba a ir en aumento. Empezó a gritar y luego, a cantar. Necesitaba exteriorizar todo aquello que lo desbordaba por dentro. Y qué más daba que lo oyeran. Y qué más le daba todo a él, si iba a tener el mundo, el mundo entero a sus pies, un mundo que parecía que se le había quedado pequeño.

El lugar al que había llegado era increíble. Se encontraba en el centro de un vestíbulo cuadrado, rodeado por una galería en el piso superior a la que se accedía por una escalera. Lo mejor eran los colores. Salpicaduras de pintura de los colores más brillantes posibles adornaban el suelo y las paredes, sin orden, sin límites, una explosión de colorido, todo un reto para unos ojos que intentaran abarcarlo. Todo el lugar estaba iluminado por una curiosa luz blanca que no parecía provenir de ningún lugar ni objeto concreto, y que lo habría cegado de no ser porque aquella alegría ya lo había dejado ciego, de no ser porque cualquier luz le parecía débil comparada con el sol que sentía que llevaba en el pecho.

Portaba la carta, tenía una misión, un recado que cumplir, alguien lo había enviado, sí, lo recordaba perfectamente, pero le daba igual, le daba todo igual, se sentía tan por encima de todo eso…, tan tan por encima. Ya nunca más volvería a preocuparse por cosas tan ordinarias.

Mientras pensaba en eso, un hombre apareció gritando en la galería superior. Él lo miró con curiosidad, pero sin mucho interés. Tenía los ojos desorbitados y estaba completamente desnudo. Salpicaduras de pintura verde le recorrían el cuerpo. Con un poderoso salto, se subió a la barandilla. Con otro, se precipitó al vacío. Ni siquiera gritó mientras caía.

Él solo pudo echarse a reír cuando vio aquel cuerpo desnudo estamparse contra el suelo.

¡Era desternillante!

¡Había creído que podía volar!

Él sí que se sentía capaz de volar. Pero no desde un estúpido segundo piso.

Él necesitaba buscar el lugar más alto que existiera, sentir el mundo a sus pies y, entonces sí, extender los brazos y alcanzar el cielo.

Volar.

Ser libre.

Gritó solo de pensarlo. Gritó, gritó y gritó. Pero lo que llevaba dentro de él solo crecía. Por mucho que gritaba, Euforia no abandonaba su pecho, porque ya lo había hecho suyo.

Y no pudo ni averiguar el porqué cuando el Delirante en persona apareció delante de sus ojos. Lo reconoció, sí, pero ni con esas se dio cuenta de lo que estaba pasando.

Euforia.

Antes de verlo, pudo oírlo. Parecía como si el eco de un conjunto de carcajadas lo acompañara. Fue por eso por lo que se giró hacia la escalinata, de la cual lo vio descender con movimientos más propios de un baile desenfrenado. Se trataba de un hombre mayor, pero de gran estatura. Vestía un traje de rombos parecido al de un arlequín, en el cual se mezclaban caóticamente los tonos amarillos y anaranjados. Su largo pelo gris era una maraña de trenzas y rastas. Cuando lo vio pudo saber de dónde había provenido el sonido inicial. De cada trenza colgaba un cascabel plateado, que al moverse hacía un ruido parecido al de una carcajada. Ese era el coro que acompañaba siempre a Euforia.

Y su rostro.

Las cuencas de los ojos estaban completamente vacías. Era como si se hubiera arrancado los globos oculares y también los párpados. Tan solo quedaban dos oscuros agujeros.

Los músculos de su cara se encontraban paralizados en una carcajada que no acababa de salir de su boca. Las mejillas, elevadas. La boca, muy abierta. Sus dientes, afilados a la vista. Pero Euforia no reía.

Aunque todos los que aparecieron detrás de él sí.

Y sus carcajadas se mezclaban con la música. La música loca y desenfrenada que comenzó a sonar.

Aquello fue una locura.

Todos bailaban, reían, corrían, gritaban, hacían volteretas, se besaban los unos a los otros salvajemente, se golpeaban y luego se echaban a reír. Y no tenían conciencia de ello. Tan solo se dejaron arrastrar por la ola, la fiesta, aquella orgía mezcla de felicidad e histeria. Los sentidos estaban más desarrollados y sensibles que nunca, y, a la vez, a todos les daba igual lo que ocurriera a su alrededor con tal de que aquello, fuera lo que fuese, tanto en el exterior como en su interior, no se detuviera. Y no se detenía. Y qué más daba si al día siguiente el mundo se acababa, pues ellos habían sido capaces de sentirse de esa manera.

Él se unió sin ni siquiera pensárselo.

Como si aquel fuera un lugar para pensar.

En algún momento se cruzó en el camino de Euforia y, entonces, en un chispazo de claridad, recordó que el mensaje que portaba y que lo había llevado hasta allí estaba dirigido al Delirante. Sin pararse ni un momento a reflexionar sobre aquello, le pasó el rollo de papel. Euforia lo miró un momento (o al menos eso le pareció) y, con un sonido histérico saliendo de su boca, lo recogió. Hizo un gesto rápido con las manos. La música se detuvo a esa señal. La multitud, todavía enfebrecida, paró un momento para observar cómo el señor del Delirio abría la carta y la leía.

Tuvieron la sensación de que las cuencas de sus ojos se abrían un poco más y de que su extraña sonrisa se ampliaba.

Habrían contenido la respiración de haber mantenido un ápice de cordura. Habrían echado a correr de no haber estado bajo la influencia del Delirante. Pero todos se quedaron allí.

Y oyeron su grito.

El grito de Euforia era capaz de volver completamente loco a todo aquel que lo oyera.

Sus cascabeles sonaron más fuertes que nunca. Pareció expandirse su presencia, su influencia sobre los que lo rodeaban, su poder. Todo aumentó. Volvió a sonar la música.

Volvió la fiesta, el desenfreno.

Volvió a dar vueltas el mundo.

Estaban todos tan idos que ni siquiera pudieron escuchar las palabras que salían de la boca del señor del Delirio.

—¡Ha venido! ¡Ya está aquí! ¡Ha venido!

Y continuaba:

—¡Mi hijo Pascal!

Mientras ella paseaba otra vez por los pasillos de su palacio, el viento le trajo los ecos del grito de Euforia. Se asomó un momento a uno de los balcones, lo suficiente para ver las luces que salían de aquella otra guarida de uno de los suyos. Supo que su mensaje había llegado.

Ya solo quedaba Alen.

De haber sabido lo que era sonreír, la más poderosa de los Delirantes lo habría hecho. Porque todo estaba saliendo, como siempre, según ella lo deseaba.

Por algo era Melancolía.

CAPÍTULO XIX

—¡Qué miedo he pasado!

—¿Crees que estaría afectado por los Delirantes?

—Me han dicho que a lo mejor había entrado en alguna de las zonas no neutrales sin querer, pero lo dudo. Parecería demasiado…

—¿Loco?

—Ido.

—Pobre muchacho. ¿Te has fijado en lo joven que era?

—Desde luego. Me ha dado una pena… ¿Qué hace un chico como ese en Némesis? No creo que sea un artista desesperado. Tiene toda la vida por delante.

—Es difícil saberlo.

—Además, los gritos que profería no tenían sentido. Y no respondía a las respuestas del resto.

—Ah, ¿que iba gritando algo? No he entendido nada de lo que salía por su boca. Pensaba que sencillamente estaba desquiciado.

—Eso también.

—¿Qué gritaba?

—Ya te lo he dicho, no tenía sentido. Repetía una y otra vez: «¡Ya estoy aquí! ¡Ya os lo he dado todo! ¡Venid a por mí!», y, cuando se le han acercado, ha gritado a los hombres que no lo tocaran, porque estaba maldito. Y creo que también ha dicho: «¿Me ves, Melancolía?».

—Vaya… Qué extraño. Yo habría jurado que, de haber estado afectado por algún Delirante, este habría sido Locura.

—No estoy tan segura. ¿No has visto que no paraba de llorar?

—Sí, pero también reía.

—Cierto. Sus carcajadas eran aterradoras, ¿verdad?

—Horribles. Nunca había visto a alguien tan desquiciado, ni siquiera a los que no han podido superar el trato con Locura. A lo mejor le ha afectado más por lo joven que era. A esa edad la mente es más vulnerable.

—Quizá. No lo había pensado.

—¿Al final qué han hecho con él?

—Sé que se lo han llevado entre varios hombres, porque sus gritos eran insoportables. Han tenido que ir cinco o seis a reducirlo, ya que se había puesto agresivo. Pegaba y arañaba, y no dejaba de reír y llorar a la vez.

—¡Jesús!

—Sí, la verdad es que causaba impresión. Lo han trasladado a las celdas después de reducirlo.

—¡Ah, claro, las celdas! Menos mal que están cerca de aquí. ¿Te puedes creer que nunca he estado en ellas?

—Por suerte para ti, querido. No te pierdes nada. Ya ves, ahí solo acaba gente como ese muchacho, tan ida, tan maltrecha que, incluso, es un peligro que ande suelta por la zona neutral de Némesis.

—Pero ¿es algún tipo de cárcel?

—En cierto sentido, pero también es distinta. No hay guardias ni se vigila expresamente que sus ocupantes no se fuguen. Sencillamente son un montón de celdas en las que si nos encontramos con cualquier desquiciado, podemos encerrarlo y tirar la llave. Algunos escapan luego, pero precisamente que escapen es señal de que han recuperado la cordura.

—Vamos, que son casi como los vertederos de Némesis.

—¡No seas tan duro, hombre! Al menos es nuestro sistema para estar algo más seguros mientras andamos por la zona central.

—Es solo que me parece cruel… Y más pensando en ese muchacho tan joven.

—Ese chico no tiene solución posible. Ya ha perdido la cabeza.

CAPÍTULO XX

Tiempo.

Se quedaba sin tiempo.

Serena no sabía cuánto llevaba ya atravesando la zona neutral de Némesis, recorriendo sus calles, incluso pisando lugares que no había pisado antes. Llegó a preguntarse si no debía ir puerta por puerta, mirando en los sótanos y en los cochambrosos edificios, por muy pesado que fuera. Si eso era necesario para encontrar a Pascal, estaba dispuesta a hacerlo. Pero su otro gran enemigo era el tiempo. Se sentía como en una carrera a contrarreloj. Tenía que encontrar al chico antes de que algo malo le pasara. Ya no pensaba en las intenciones ni en los sentimientos del propio Pascal. Había decidido que hacerlo sería inútil. Ella sencillamente iba a encontrarlo y a llevárselo de vuelta, como en su momento había hecho su padre. Incluso si era necesario, usaría la fuerza.

Pero no tenía ni la más remota idea de dónde podía estar. Si había llegado a Némesis por el mismo sótano que ella siempre cruzaba, desde luego, lo había abandonado hacía mucho. Serena no sabía cuánto del tiempo de Némesis podía haber perdido. Así que una vez más recorría las calles, peinaba a toda velocidad la ciudad, buscando cualquier mínimo indicio del paradero del muchacho. Se había planteado si debía preguntar a alguien, interrogar a los transeúntes, pero de alguna manera su instinto la había prevenido contra ello. No, ya lo haría más tarde si se encontraba desesperada, pero, por ahora, le parecía demasiado peligroso. Pascal era uno de los tesoros de esa ciudad. Ella esperaba hallarlo antes de que nadie supiera que estaba allí.

Lo que más temía era que el chico, en su desconocimiento de Némesis, hubiera atravesado los límites de la zona neutral y hubiera entrado temerariamente en el territorio de algún Delirante. Intentaba con todas sus fuerzas no ponerse en lo peor, pero, cada vez más, todo corría en su contra.

Sin embargo, no dejaba de pensar que le daba igual. Incluso si se encontraba en el lugar más peligroso de todos los mundos existentes. Ella iría y lo sacaría de allí.

La única idea que había tenido había sido, una vez más, consultarle a Alen. El fumadero había sido uno de los primeros sitios por los que había pasado, pero no había encontrado allí al ángel. Incluso se había atrevido a preguntarles a un grupo de jóvenes que le habían parecido inofensivos, pero tampoco sabían nada de él. A Serena eso la había importunado: Alen era la única persona a la que habría podido explicarle lo que estaba pasando, o quizá la habría ayudado si le hubiese contado la situación, pero no aparecía por ningún sitio.

Ni siquiera su león podía hacer algo para apoyarla, salvo, una vez más, escoltarla de un lado para otro.

Así que en aquella situación se encontraba, recorriendo de aquí para allá la ciudad, con los ojos, los oídos y la mente centrados en único propósito: hallar el paradero de Pascal. Entonces ocurrió lo que siempre acababa pasando en Némesis: que en vez de hallar lo que buscaba, la acababan encontrando a ella.

Y pocas veces era para bien.

Tendría que haberlo sabido en cuanto atravesó una calle que solía ser una de las más transitadas de Némesis. Sin embargo, la encontró vacía. Le extrañó, pero no se detuvo a pensarlo demasiado y por eso siguió andando a gran velocidad, hasta que por fin captaron su atención. Se dio cuenta cuando los vio, ya de lejos, uno encaramado a la rama desnuda de un árbol y el otro apoyado en su tronco, de pie. Su león comenzó a gruñir como un loco, y Serena tuvo que poner una mano cautelosa sobre su melena para que no saltara sobre ellos. Se acercó, intimidada. La miraban los dos fijamente; no tenía escapatoria. Por no hablar de que el carácter de la chica, muchas veces a su propio pesar, estaba en contra de cualquier huida.

Eran iguales, pero a la vez, como el día y la noche.

Los mismos rasgos adolescentes, el mismo cuerpo pequeño y ligero, los mismos tatuajes debajo de los ojos, sendas líneas de rombos. Las pupilas alargadas de gato. Vestían ropas muy recargadas, camisas a rayas verticales con chorreras, pantalones con doble fila de botones, pajaritas exageradas, botas con plataformas altísimas y puntas de hierro. Las manos las cubrían con mitones muy adornados y llevaban una rosa en el bolsillo del pecho. Su extravagante apariencia la remataban dos sombreros de copa.

Y, sin embargo, a pesar de que eran gemelos idénticos, de que vestían las mismas prendas…, eran completamente opuestos. El que estaba arriba llevaba ropas de tonos brillantes, tenía las mejillas encendidas, los ojos azules, el cabello tirando a anaranjado. Era una explosión de colores. El otro, en cambio, vestía entero de blanco y negro. Parecía la versión triste y desvaída de su gemelo, no solo por los colores, sino también por la propia expresión de su rostro, sus ojos y cabellos oscuros, y el aura que lo rodeaba.

A pesar de su apariencia de adolescentes, tenían algo que infundía respeto. Quizá sus estudiadas posiciones o las muecas burlonas de sus gestos. Era difícil de averiguar.

Serena intuyó quiénes eran. Nunca los había visto, pero sí que había escuchado descripciones de ellos.

El que estaba encima del árbol fue el primero en hablar:

—¡Oh, qué león tan bonito!

—Muy hermoso —dijo su gemelo con voz fría.

—No entiendo por qué nosotros no tenemos un león, hermano. Quiero un león.

El que estaba apoyado en la base del árbol miró a Serena de una forma que hizo que a ella se le helara la sangre en las venas.

—Entonces —hablaba despacio, regodeándose en cada palabra—, tendremos que quitárselo.

—Intentadlo si podéis —respondió ella.

El que estaba subido al árbol, de un ágil salto que por un momento lo hizo parecer un felino, se bajó al suelo. Miraba a la chica, y en su boca de afilados dientes se formó una sonrisa afilada, una mirada afilada, unas palabras afiladas.

—¿Sabes acaso con quién estás hablando, chica del león negro?

Ella respiró despacio, intentado calmarse.

—Creo que con dos hermanos como solo pueden serlo Celos y Odio.

Lo había escuchado varias veces en sus excursiones por aquel mundo: Celos, el menor de los Delirantes, el adolescente que podría ser encantador y que, sin embargo, provocaba repulsión, vestido con unos colores como solo podían encontrase en los fuegos artificiales, y su descolorido hermano, Odio.

Las caras opuestas de una misma moneda.

Eran los Delirantes menores, aquellos que tenían menos poder, los únicos que carecían de una zona protegida, quizá porque sus elementos no servían demasiado a los artistas. Los celos y el odio eran cosas de la rutina, no pasiones que se canalizaran por el arte. Al tener menos poder, los hermanos campaban a sus anchas por Némesis, hablando ellos mismos con quien deseaba hacer los tratos, atemorizando al resto. Pero, a pesar de que no influyeran demasiado en los que los rodeaban, no dejaban de ser Delirantes.

Y por eso Serena estaba tan alerta, muy en alerta. Aquellos no eran como los Enlaces. Aquellos eran auténticos señores del Delirio, dispuestos siempre a jugar con su mente.

—Oye, chica del león negro —dijo Celos—, ¿has perdido algo?

Serena lo miró.

—¿A qué te refieres?

—Deberías saberlo tú mejor que nosotros. Tienes cara de estar buscando un tesoro a la desesperada. ¿Te han robado algo que pensabas que era tuyo?

—¿O a lo mejor ha huido de ti? —intervino la gélida voz de Odio.

—¡Huido, huido! —lo secundó su gemelo—. ¿Qué ocurre, tu león negro le ha dado miedo? ¿O es que eligió estar en Némesis antes que entre tus brazos? La mayoría de los que huyen es porque prefieren al Delirio antes que a sus seres queridos.

—¡Callaos!

El último grito no alteró la expresión de Odio, ni hizo que pararan las burlas de Celos. Serena procuró no dejar que la afectaran. Eran Delirantes, era lo que intentaban hacer, sin embargo, no estaba dispuesta a permitir que se hicieran con su mente. Si su padre había aguantado tantos tratos, ella no estaba dispuesta a enloquecer a las primeras de cambio.

Levantó la cabeza, desafiante. Había una cosa clara.

Los dos terribles hermanos sabían algo de Pascal. O eso, o jugaban demasiado bien con su mente. Pero eran Delirantes y de alguna manera siempre sabían qué ocurría en su reino.

—La chica del león negro… ¡rechazada!

—La chica del león negro… ¡odiada!

—La chica del león negro… ¡acabada!

«Piensa, Serena, piensa.» Necesitaba una manera de sonsacarles lo que sabían. Con los Delirantes la fuerza no servía. Ni siquiera su león podía ayudarla. Pero realmente la información que pudieran darle era imprescindible...

—Chica del león negro —la llamó Odio—. Nosotros sabemos dónde se encuentra aquello que buscas. ¿No nos odias por ello?

—¿No nos envidias? —añadió Celos.

Serena los miró con rabia. Sí, sabía lo que intentaban hacer. Pero eso no significaba que no diera resultado, que no empezara a sentir a Celos y Odio corroyéndola por dentro...

Vio como uno de los hermanos se relamía. Les estaba dando poder sobre ella y lo sabía. Pero no podía evitarlo.

El león se tensó a su lado.

—Deberías atacarnos, Serena. Deberías querer hacernos daño —afirmó Odio con su horripilante voz—. Deberías...

Pero tuvo que callarse.

Serena miró con auténtico asombro a su alrededor mientras, seguramente por primera vez en mucho tiempo, los rostros de los gemelos Delirantes mostraron cierta incertidumbre, incluso con un punto de terror. Por un momento, Pascal, su prisa, sus miedos, todo desapareció en pos del espectáculo que se estaba desarrollando delante de sus ojos.

Y es que allí estaban.

Las pompas de jabón.

Flotaban a su alrededor, en círculos. Las había de los más diversos tamaños y se movían a gran velocidad, como un enjambre de abejas o un tornado. Esta vez no atacaron a nadie, pero su presencia fue suficiente para que los Delirantes reaccionaran y retrocedieran un tanto. Serena, sin embargo, se dio cuenta de que las pompas eran diferentes a cuando la habían atacado aquellos misteriosos encapuchados. Llevaban algo dentro de ellas.

Cada pompa portaba una luz.

Como auténticas estrellas flotantes. Era un espectáculo precioso cuya sola contemplación llenaba por dentro.

El león negro rugió suavemente, de felicidad. Serena tuvo que contener las lágrimas ante tanta belleza. Luz. Puntos de luz en la noche de Némesis. Refugios. Esperanza. Luz, como el recuerdo de su padre lo era para ella. Las mil luces de su Pascal.

De alguna manera, la consolaban.

—¡Él! —rugió de repente Celos. Miraba a la chica con los ojos muy abiertos, fuera de sus casillas—. ¿Qué tiene él que ver contigo? ¿Por qué te protege?

Serena se volvió hacia los hermanos, confiada por primera vez desde que se encontraba con ellos.

—Aquí soy yo quien hace las preguntas. ¿Por qué me buscabais? ¿Qué sabéis de Pascal?

Hizo las preguntas a bocajarro. Ya no había nada a lo que tuviera que temer.

Los Delirantes se callaron durante unos momentos. Iluminados por la luz de las pompas seguían teniendo un aura extraña. Pero desde luego no tenía nada que ver a cuando la noche los amparaba. Habían sido despojados de ese extra de poder que la oscuridad les otorgaba.

Al final, Odio acabó hablando.

—Es sencillo —dijo—. Melancolía nos ordenó que te entretuviésemos mientras ella encontraba aquello que has perdido, aquello que cree que le pertenece. Nosotros somos, de alguna manera... ¿sus peleles?

—¿Melancolía os lo ordenó?

—Melancolía nos puede ordenar todo lo que quiera —contestó con sequedad Celos.

Su gemelo lo miró unos instantes y se explicó.

—Celos esclaviza a aquellos que los sufren, y Melancolía es la más poderosa de los Delirantes, la más influyente tanto dentro como fuera de Némesis. Es lógico que sea aquella a quien envidia mi hermano. Por eso tiene poder sobre él —aclaró—. Y allá dónde va él, voy yo. Allá dónde va Celos, va Odio. Mientras mi hermano la siga envidiando, seremos sus esclavos.

—Entonces, Pascal...

Los gemelos Delirantes no respondieron.

Pero Celos, con una mueca, señaló al cielo.

Y Serena pudo verlo.

Desde luego, había que reconocer que sus alas eran mucho más hermosas en movimiento.

Alen surcaba los cielos de Némesis con una majestuosidad que solo podía provenir de alguien de su raza. La chica, también gracias a la luz de las pompas, pudo ver a la perfección la batida de sus oscuras alas, los ropajes movidos por el aire, sus cabellos revoloteando alrededor de sus hermosos ojos. Alen parecía estar más cómodo en el cielo que en la tierra. Ella pudo oír cómo, en las calles cercanas, crecía el alboroto. Todos debían de estar admirando aquella visión.

Pero Serena se fijó en algo más, algo que hizo que su corazón se detuviera.

Alen cargaba entre los brazos con un muchacho moreno que parecía inconsciente. Y ella no pudo contenerse.

—¡Pascal!

No la oían. No podían oírla. Tenía que dejarse la voz. Tenía que hacer lo que fuera. Tenía que parar aquello…

—¡PASCAL!

A su lado, el león emitió un rugido que pudo ser oído en toda la ciudad.

Pero, inmutable, Alen continuó volando. Y a Serena no se le pasó por alto la dirección que había tomado. Llevaba a Pascal al palacio de Melancolía.

CAPÍTULO XXI

Nunca confíes en alguien que se pueda llevar lo que más quieres lejos de ti. Nunca confíes en un ángel sin sentimientos, intruso. Por mucho que pienses que algo tan hermoso no puede hacerte daño. A veces la belleza duele, nos duele a nosotros, pero, sobre todo, les duele a aquellos que la poseen. Y el dolor hace a alguien capaz de cualquier cosa.

Ya es tarde. Qué palabra más odiosa, ¿verdad? Tarde. Alen se ha llevado a Pascal con aquella que ya lo reclamaba en sus sueños. Aquella que ni siquiera tiene Enlaces, porque casi nadie aguanta su presencia. Aquella que más directamente influye en otros mundos que no sean Némesis. La que da besos en las muñecas de las personas para abrir sus venas. La que para el tiempo, la que borra el futuro. La que acabó de conquistar la mente inexpugnable del Ladrón. Aquella con quien Serena nunca debió haberse cruzado.

Melancolía.

Si nuestra chica entra en ese palacio, intruso, no sé hasta qué punto podré protegerla. No creo que sea capaz. No de Melancolía. Y es que se puede vivir sin cordura, sin paz, sin autocontrol, incluso sin amor hacia uno mismo, pero no se puede vivir sin esperanza.

Y ni siquiera yo puedo encerrar la esperanza en una pompa de jabón.

¿Cómo hemos podido llegar a esto, intruso? ¿Acaso hemos abandonado todos a Pascal? ¿Acaso ha sido culpa de nuestro chico bañado de luz blanca? ¿Qué hemos hecho? ¿Qué hemos dejado de hacer?

¿Qué hemos dejado de hacer?

Supongo que creer en él.

Retrocedamos, intruso. No sé tú, pero yo necesito verlo con mis propios ojos. La traición del ángel. Su caída. O quizás Alen nunca fue un ángel.

Retrocedamos.

Porque, después de averiguarlo, toca lo más difícil.

Seguir a Serena y a su león a la auténtica noche. Sentir con ella el vacío. Vencer a la desesperanza. Seguir avanzando frente al dolor, siempre a punto de rompernos, pero solo a punto, porque tendremos que aguantar. Ser el soldado que va a la primera línea de batalla. Ofrecernos a una noche que no sabemos si llegará a su fin.

Retrocedamos, intruso. Porque luego, por mucho que queramos, ya no podremos parar.

CAPÍTULO XXII

Las celdas eran, sin duda, uno de los lugares más espantosos y horribles de Némesis. Y eso, en un lugar como aquel mundo, cuya esencia era la pesadilla, un lugar hecho a medida para horrorizar a quien lo pisara, era decir mucho.

Tenían cierto parecido con la zona afectada por Locura, solo que en aquella prisión los ocupantes estaban retenidos por unos barrotes cuya cerradura, en la mayoría de los casos, se había perdido hacía mucho tiempo. Muchos de sus habitantes, afectados por los Delirantes y que habían sido hallados en la zona neutral y considerados un peligro para los que todavía estaban cuerdos, no recordaban cuánto tiempo llevaban allí. De vez en cuando alguna persona se compadecía de ellos y les lanzaba algo de alimento, pero muchos morían de hambre. La mugre de las celdas había borrado los rasgos de todos, convirtiéndolos en una serie de rostros que apenas se adivinaban bajo la capa de suciedad que los cubría. Algunos gritaban, pero a la mayoría ese sitio había terminado por quitarles las fuerzas.

Era en ese lugar en el que un grupo compuesto por tres hombres, dos mujeres y un extraño ser mudo, pero increíblemente fuerte, que se había unido a ellos habían abandonado a un histérico Pascal.

Desde que había llegado, las voces del resto de los prisioneros se habían callado, ahogadas por las risas y los gritos desquiciados del muchacho. Lo habían echado a una de las celdas más sucias y oscuras, localizada en un rincón del sótano que apenas tenía un ventanuco por el cual se vislumbraba un pedazo del cielo nocturno de Némesis. Pero se le oía desde cualquier lugar del edificio. Más de uno se despertó sobresaltado por el sonido de su voz.

No se calmó con el paso del tiempo. Pero sí que dejó de escuchársele, quizá cansado de no obtener respuestas, quizá ya falto de fuerzas, quizá demasiado desesperado. Acabó tumbado en el suelo, sin preocuparse por ensuciarse, sin sentir el frío de la piedra. Como si algo así le importara a él. Sencillamente se tumbó y sollozó y rio y sollozó y rio, y todo era un círculo que parecía que no se iba a acabar...

Ni siquiera el sonido de unos pasos acercándose hacia su celda consiguió que se levantara. Tan solo la imagen de Alen entrando en su campo de visión logró hacerlo reaccionar.

Ni siquiera la podredumbre de aquel lugar podía corromper al ángel. Sus finos pies parecían no tocar el suelo. Su pálida piel no entendía de sombras. Sus alas demostraban la diferencia que había entre su negro puro y un negro sucio, manchado. Incluso al marcar a Alen de por vida, los ángeles se habían cuidado mucho de ser perfectos.

El ángel miró a aquel muchacho tendido en el suelo. Parecía pensar. Pero acabó hablando.

—¿Eres tú, Pascal?

El chico se levantó. Soltó otra de sus risas.

—Según lo que entiendas por ser Pascal —respondió—. Y ¿tú? ¿Eres un ángel? ¿Acaso vienes a salvarme?

—No. Me temo que todo lo contrario.

—¿Qué harás?

—Voy a llevarte con tus padres, Pascal. Se han reunido solo para verte. Deberías sentirte afortunado.

—Afortunado…

Pascal se rio como si le hubieran contado la ironía más grande del mundo. Y quizá lo fuera.

Mientras soltaba aquellas carcajadas, Alen observaba imperturbable. Entonces, de repente, dio un empujón a la puerta. En contra de cualquier ley natural, esta cayó un poco más adelante con las bisagras que la unían a los barrotes y la cerradura completamente rotas.

Pasó al interior de la celda y se sentó en el suelo, con sus alas rodeando toda la estancia, de forma que Pascal quedaba atrapado entre ellas. Lo miró con intensidad, pero el chico no parecía atemorizarse por la situación. Seguía soltando alguna risa ahogada de vez en cuando.

—Dime, Pascal —dijo—. ¿Sabes lo que soy?

El muchacho soltó una carcajada irónica.

—Es complicado, porque, pese a tus alas y tu aspecto, ¡tú no tienes nada de angelical!

Alen permaneció inmutable a pesar de ese comentario y de los gestos de Pascal. Esperó a que las risas del muchacho cesaran para volver a hablar.

—Es curioso, ¿sabes? Nos dan una vida eterna y, sin embargo, nos quitan la capacidad de olvidar. Y lo recuerdo todo, como si todavía estuviera allí, y seguramente lo recordaré para siempre. Para siempre, ¿entiendes? La eternidad es un tiempo muy largo como para pasarlo en esta ciudad inmunda.

Miró a Pascal.

—Ni siquiera sé por qué te cuento esto. Llevo sin hablar desde que Hugo se fue, aunque ni siquiera a él se lo dije todo. No hizo falta. Lo supo desde el principio.

El muchacho seguía sin abrir la boca, pero Alen sabía que lo estaba escuchando.

Suspiró imperceptiblemente.

—Deja que te cuente una historia, Pascal.

Y entonces pareció como si, por unos instantes, toda la ciudad de Némesis se parara a escuchar a Alen.

—Deja que te cuente una historia, Pascal. Una que transcurre en el mejor escenario que puedas imaginar, en el reino de la perfección, en el mundo de los ángeles. Mi mundo. Mi hogar.

»Allí todos tenemos una función. Yo ejercí la mía durante mucho tiempo, y la sigo ejerciendo. Es algo que no pueden quitarme, ni siquiera en este mundo, ni por mucho que me tiñan mis alas.

»Así que deja que te cuente mi historia, Pascal. Mi padre, el padre de todos los ángeles, en realidad, hizo de mí su mejor obra. Estaba especialmente orgulloso y en verdad creía que yo era la culminación de la perfección angelical, la belleza. Yo viví mucho tiempo ejerciendo mi función, pero poco a poco, sin que me diera cuenta, comencé a corromperme. Y pensé que podía estar por encima de él, que el aprendiz podía superar al maestro, que el tiempo de mi padre se había acabado, que, si yo era tan perfecto, ¿por qué el trono era suyo? Y el más perfecto de los ángeles resultó ser tan solo el más soberbio. Y ¿cómo iba a tolerarse algo como la soberbia en nuestro mundo?

»¿Te suena mi historia, Pascal?

»Hugo me dijo que en su mundo también la contaban. Que incluso me conocíais por mi nombre, mi auténtico nombre. El que llevo más tiempo del que tú puedes imaginar sin escuchar.

»Así que sí, yo fui Lucifer. El ángel que cayó. Aquel al que no se le permite volver a su mundo. El único que ha pisado Némesis, condenado por los suyos por atreverse a rebelarse contra quien nunca nadie puede tocar. El más bello de los ángeles.

»Y el que se arrepiente, desde el primer momento en el que puso un pie aquí, de todo lo que hizo. Pero eso no será suficiente para ellos. La compasión es un sentimiento que los míos no pueden permitirse, y prometieron que mi castigo sería eterno.

»Lo entendí demasiado tarde, Pascal. Si lo hubiera sabido, nunca habría hecho nada de lo que hice. Prefiero servir en el cielo que ser rey del infierno.

El ángel se calló llegado a este punto, como si hablar durante tanto tiempo le resultara un gran esfuerzo. Miró hacia la diminuta ventana de la celda, que dejaba ver un trozo del cielo sin estrellas.

—¿Sabes qué significa Lucifer?

El muchacho no respondió. No hizo falta. Alen lo hizo por él.

—Portador de luz.

Entonces, el ángel, con un gesto calmado, juntó ambas manos a la altura del pecho.

Y nadie habría podido describir lo que ocurrió en ese momento.

Comenzó como un resplandor. La luz blanca, una luz que ni siquiera aquel lugar podía apagar, empezó a iluminar la celda. Entre los huecos de los dedos de Alen, Pascal pudo entrever algo antes de que fuera obligado a cerrar los ojos del todo para no quedarse ciego.

Parecía una estrella.

Una como Némesis no había visto jamás.

Terminó tan rápido como había empezado. Pascal, a través de sus párpados, pudo adivinar cuándo la luz cesó. Volvió a abrir los ojos. Alen volvía a estar en la posición de antes, pero su rostro, de alguna manera u otra, había cambiado.

Miró al muchacho.

—Te lo he dicho. No pudieron quitármela, no pudieron arrebatarme mi luz. Así que ahora que yo te he enseñado mi luz, Pascal, ¿me enseñarás tú aquello que sí me robaron? ¿Podré ver en ti nuevamente la perfección de mi reino? Solo por eso accedí a hacerle el favor a Melancolía de llevarte junto a ella.

—Y ¿si yo prefiriera quedarme aquí?

El ángel se levantó.

—Lo lamento, Pascal —dijo—, pero que tú quieras venir o no conmigo dejó de importar hace tiempo.

—Lo que yo quiero nunca dejará de importar.

Esta vez sí, Alen se sorprendió. Por un momento, el rostro de Pascal se había serenado, su tono había parecido equilibrado, sus ojos habían perdido ese brillo salvaje. Pero aquello solo duró un instante. El chico, repentinamente, se echó a llorar de una manera desconsolada, histérica.

—Lo he perdido todo…

No dejaba de decir eso, una y otra vez. Alen habría sentido lástima de haber sido capaz de tener tal emoción.

Pero no lo era.

Así que, en lugar de eso, se acercó a Pascal y, de un golpe seco y controlado en la nuca, lo dejó inconsciente.

Lo levantó con ambos brazos como si fuera liviano como una pluma y, cargando con él así, salió de la celda. Recorrió los pasillos, y a medida que avanzaba por ellos muchos de sus ocupantes le pedían auxilio, que los sacara de allí, que les diera comida, que acabara con la tortura que se había implantado en sus mentes y que ya no se iba. Alen seguía caminando con la vista al frente, como si nada le importara, como si todo lo que lo rodeaba no fuera digno de que le dirigiera su atención. Tan solo se molestó en plegar un poco las alas para que no rozaran los oxidados barrotes que se sucedían a ambos lados del estrecho pasillo.

Ni siquiera intentó darse prisa para salir del edificio. Qué más le daba. Tanto él como los Delirantes tenían todo el tiempo del mundo.

Cuando por fin pisó la calle, se paró un momento para sujetar mejor el cuerpo de Pascal. Entonces hizo algo que, desde que había llegado a Némesis hacía ya tanto tiempo, no se había permitido hacer. Quizá porque no quería añorar la casa de la que lo habían echado. Quizá porque ya no quería parecerse a aquellos que lo habían condenado.

Nada de eso parecía importar ya.

Con un impresionante movimiento, Alen desplegó por completo sus enormes y oscurísimas alas y echó a volar.

Comprobó, sorprendido por un instante, que en el cielo de Némesis podía sentirse libre. Y luego recordó que él no debía sentir nada.

CAPÍTULO XXIII

Al gigantesco palacio de Melancolía se llegaba a través de un sendero que subía toda la colina hasta su misma puerta. El sendero estaba flanqueado a ambos lados por numerosas estatuas que representaban a seres de muchas razas con las manos en el rostro, llorando desconsolados.

A Serena la que más le había llamado la atención había sido la de un ángel esculpido en mármol, de rodillas, con las alas caídas y el rostro cubierto por las manos, invadido por la pena.

Había atravesado aquel sendero con paso decidido, sin permitirse un segundo de duda, sin pararse para titubear. La acompañaba su león y una de las pompas que, tras su encuentro con Celos y Odio, no se había desvanecido, y la seguía flotando a todas partes. Serena había dejado de preguntarse por ella; sabía que era algo que la protegía, como su león, y, de alguna manera, eso le bastaba.

Lo agradeció incluso más cuando llegó a las enormes puertas del palacio de Melancolía.

Realmente iba a hacerlo.

Iba a entrar en la zona de la Delirante más poderosa de Némesis. La que seguramente había matado a su padre. La madre de Pascal.

En las puertas había un único relieve, un letrero, que rezaba:

> SIENTE
> LAS VOCES SIN SONIDO,
> LOS CORTES DE LOS CRISTALES,
> LA SOLEDAD DENTRO DEL GRITO,
> TU ALMA VESTIDA DE SANGRE.
> SIENTE.

Ella lo leyó atentamente.

Luego, con ambas manos, empujó las dos hojas de la puerta y pasó al interior del palacio de Melancolía.

El sonido de los violines, similar a lamentos que no se acababan, parecía provenir de cada pared, del suelo, del techo, de todos los lugares al mismo tiempo. Ella deseó con todas sus fuerzas no escucharlo, pero no podía escapar de él. Se le colaba en el corazón, corría por sus venas, resonaba en su cabeza, le sorbía la fuerza, hacía que pensara cosas que no quería pensar.

Pasó el primer pasillo ante la mirada de cientos de relojes, todos parados a la misma hora, las 4:48. Pero no eran solo los relojes, era la sensación de que el tiempo se había dilatado hasta casi pararse, de que no recordaba el pasado, porque estaba lleno de fracasos que ni siquiera merecían ser recuerdo, y de que, sencillamente, no había futuro. Estaban el aquí y el ahora, y eso era un problema, porque aquella inquietud que se iba instalando en su alma a medida que avanzaba no iba a irse. ¿Qué le ocurría? Era una sensación extraña, la sensación de que algo iba mal, de que le faltaba un algo que se hacía un todo, de que tenía una espina clavada en el instinto o quizás en el alma. ¿Qué le ocurría? Y ¿por qué aquellos relojes no avanzaban? ¿Por qué alargaban su agonía?

Los violines sonaban, y ella ya había comprendido que por mucho que quisiera no se callarían. Sus deseos no le importaban a nadie, absolutamente a nadie. ¿O acaso Pascal no la había abandonado?

Quizá se lo había ganado.

Quizá se merecía estar sola.

Miró a su león negro buscando algo de consuelo, pero lo único que consiguió fue asustarse. El negro pelaje se volvía gris poco a poco, perdía su brillo, su fuerza, su color. El león la miró con cara de lástima, y Serena lo comprendió. Todo a su alrededor era triste. No podía luchar contra eso.

Al fin, una puerta, que abrió. Se sorprendió de lo mucho que le costaba hacer un movimiento. Era como si su cerebro ya no tuviera la fuerza suficiente para ordenar a su cuerpo que se moviera.

De repente, cuando entró en aquella sala, se encontró encerrada. Era un recinto redondo y bastante pequeño. Serena lo examinó. Parecía una campana, una campana un poco más alta que ella, una campana de cristal.

Oyó voces, miró a través del cristal y vio muchas siluetas anónimas con forma humana. Parecían moverse más rápido que ella. La chica sintió cómo, poco a poco, se viciaba el aire de su celda particular y deseó con todas sus fuerzas poder escapar de allí, pero no había ninguna salida.

De repente, todos los que estaban fuera se echaron a reír. Parecían realmente contentos, y tuvo ganas de llorar. Algo le oprimía el pecho. ¿Por qué ella no podía sentir alegría y el resto sí? ¿Cuál era la razón?

El aire de dentro de la campana seguía haciéndose más y más denso, y ella sintió que empezaba a dolerle el pecho. Se estaba ahogando sin remedio.

Respiró con todas sus fuerzas, pero el aire no llegaba a sus pulmones.

«Déjate llevar, Serena —le dijo una voz en su interior—. Deja de luchar, sería más fácil.»

Pero entonces, de golpe, la luz de la pompa que la acompañaba comenzó a brillar con todas sus fuerzas. La campana se levantó un par de palmos del suelo, y Serena agradeció el aire limpio que entró por allí. Cuando hubo respirado a gusto se agachó y salió por ese hueco, seguida de su león, que respiraba con pesadez. Las figuras humanas de antes se habían desvanecido. La chica, tan rápido como pudo, fue hasta la puerta y cruzó a la siguiente sala.

Espejos. Todas las paredes, el techo y el suelo estaban recubiertos de espejos y en cada uno de ellos aparecía su reflejo, pero, nuevamente, estos no respondían a sus movimientos. Los reflejos de Serena lloraban, gritaban en silencio, aporreaban los cristales. Se desesperaban. La chica se quedó inmóvil en el medio de la sala, incapaz de dejar de mirar aquel despliegue de su propio sufrimiento. Sus reflejos no hacían más que angustiarse. «Y ¿para qué? —dijo la voz—. No pueden escapar. ¿No dolería menos si dejaran de revolverse?»

Sí, eso era. No intentarlo siempre dolía mucho menos.

El león, viéndola parada, gruñó débilmente. Serena lo miró angustiada. Su pelaje se volvía cada vez más y más gris. Pero entonces se dio cuenta de que aquello no era solo cosa del animal. Todo a su alrededor perdía sus matices, sus contrastes. El mundo cada vez era más gris.

No supo cómo encontró las fuerzas para salir de aquella sala, pero la siguiente no era mucho mejor.

Perros, negros, enormes..., y no dejaban de crecer. Correteaban por todo el espacio, ladraban, aullaban, se revolvían. Esta vez ni siquiera el león saltó sobre ellos. Serena se quedó quieta, incapaz de reaccionar, incapaz de moverse, le costaba pensar. Casi ni fue consciente de cómo la pompa que la acompañaba se dividía en cientos y, como había ocurrido hacía unos días en las calles de Némesis, atacaba a sus enemigos. Cayeron uno detrás de otro. Pero ella solo reaccionó cuando volvió a ser una única pompa la que flotaba frente a sus ojos. No pudo contener las lágrimas.

«¿Por qué me ayuda? Si soy una cobarde, soy despreciable. Si estoy deseando rendirme. No me merezco que nadie me ayude.»

«No, Serena, la verdad es que no te lo mereces. Tienes que salvar a Pascal. Tienes que luchar y ser fuerte. Y no eres capaz.»

«No soy capaz. No sirvo para nada.»

«¿Cómo has podido ser tan tonta de pensar que podías?»

«No lo sé...»

«Ahora vas a pagar las consecuencias, Serena. El dolor no va a parar. ¿No lo sientes? ¿No sientes cómo te ha abandonado la esperanza?»

«Qué ganas tengo de rendirme y descansar...»

«Y ¿por qué no lo haces? Dolería menos entonces, Serena, lo sabes muy bien. ¿Por qué no te rindes?»

La verdad era que no lo sabía.

Ya no encontraba razones. No en aquel mundo gris. No en aquel eterno presente de sufrimiento.

Y en la siguiente sala sí que lo perdió todo.

Era una habitación enorme, gigantesca. Sus paredes estaban forradas hasta el techo de estanterías repletas de libros, cuadernos, gajos de papel. Ella se acercó a la que tenía más cerca y vio, con estupor, que todas las novelas estaban firmadas con su nombre.

«No puede ser.»

«Son todas las historias que escribirás. Todo lo que podrías crear en una vida como artista. Era tu sueño, ¿no es así? Pues esto es aquello que deseas.»

Serena lo contempló todo estupefacta.

«¿Qué pasa, Serena? —volvió a hablar aquella voz de su cabeza—. ¿Ya no te parece suficiente por lo que vivir? ¿Te preguntas cómo has podido soñar con una simple montaña de papel?»

Sintió el vacío. Todo lo que había querido estaba allí, ante sus ojos, y parecía tan ridículo. Tan absurdo.

Tan insuficiente para llenar una vida.

«¿Sabes qué ocurre con el papel, Serena?»

De repente, las estanterías comenzaron a arder.

La chica contempló atónita cómo se extendían las llamas de libro en libro, de balda en balda, de mueble en mueble. El papel quedaba reducido a cenizas en poco tiempo, cenizas que caían al suelo de la habitación. Las llamas crecieron hasta expandirse por las cuatro paredes de la habitación, llenando todo de un anaranjado resplandor y de sombras danzantes.

Por encima del fuego crepitante, Serena escuchó otro sonido.

Esta vez sí.

Sus historias chillaban mientras el fuego las consumía. Miles de voces gritaban, agonizaban, le pedían a ella, su creadora, que las salvara.

Pero ella no podía hacerlo.

Ella no era capaz de salvar a nadie.

Al final, lo único que pudo hacer fue decidirse a salir de la sala, porque el humo empezaba a asfixiarla. Le lloraban los ojos, ya no sabía si por el ambiente o por lo que acababa de presenciar. Tampoco supo cómo había salido de allí. No estaba muy segura de que su cuerpo se moviera por voluntad propia.

En la siguiente habitación se paró. Sentía que su mente estaba exhausta, que ya no podía ni tomar la decisión de dar un paso más.

Miró a su alrededor.

La sorprendió no ver nada espantoso.

Lo único que había, en el centro de la sala, era un gran agujero que no parecía tener fondo. Ni siquiera era similar a un pozo. Se trataba de un círculo de oscuridad, de vacío.

La llamaba a su interior, y no sabía por qué.

«¿Qué hay ahí?»

La voz en su cabeza respondió:

«Nada.»

«¿Nada?»

«Nada. Ahí dentro no hay absolutamente nada. ¿Te das cuenta de la paz que eso supone?»

«¿Paz...?»

«¿A que ahora cada instante es una batalla? Allí no tendrías que luchar, Serena.»

La chica, como si una magia extraña tirara de ella, se acercó al borde del agujero y miró en su interior.

«Pero... esto no es paz. Esto es vacío.»

«¿Acaso no es lo mismo?»

«No. El vacío es lo que más temo ahora, lo que me está haciendo sufrir. Ir allí dentro sería como rendirme...»

«Y ¿no era eso lo que deseabas? ¿No has soñado cientos de veces con rendirte de una vez por todas?»

«Pero...»

Serena intentó pensar.

Era difícil. Había una parte de su cabeza que realmente le decía que estaba agotada, que quería rendirse, que creía que aquello era inútil. La otra..., la otra parte apenas podía articular un pero. Y sin embargo, estaba allí. Incómoda. Inquieta. Con la sensación de que algo no encajaba.

Tenía que reaccionar.

Puso un pie sobre el vacío.

Aquello la despertaba. El miedo que sentía reavivaba esa parte suya que se había quedado dormida, esa parte que encontraba razones para luchar.

La voz de su cabeza era muy fuerte.

Pero Serena empezaba a notar que era una intrusa.

Luchó. Luchó, luchó y luchó con su mente, rebatiendo cada una de las cosas que decía, cada una de las cosas que le hacía sentir. Era duro. Dolía.

Pasados unos momentos, su león comenzó a rugir de nuevo, con fuerzas renovadas.

Serena miró al frente.

La pompa de jabón volvía a transformarse. Esta vez creció y creció, y varió su superficie, volviéndose más parecida al agua líquida. Aquella forma adquirió casi la altura de Serena. Poco a poco sus rasgos se fueron formando, y la chica no tardó mucho en identificarlo.

Pascal.

Sí, eso era. Nunca se había rendido por Pascal. Y no sería en aquel momento cuando lo hiciera.

Miró a su alrededor con energías renovadas. Poco a poco volvieron los colores. El pelaje de su león era otra vez negro brillante y este parecía tener nuevas fuerzas. El agujero a sus pies se cerró. La pompa volvió a su forma original, y Serena la contempló sin poder sentir otra cosa que el más profundo agradecimiento hacia su desconocido protector.

Y, lo que era más importante, aquella voz se había ido de su cabeza. Volvía a ser ella. Y era un alivio.

Dirigió sus ojos hacia la puerta que había en la pared de enfrente.

—Lo siento —dijo en voz alta—. Pero, por ahora, no ganas.

Sabía que quien fuera que estuviera al otro lado de aquella puerta la habría escuchado.

CAPÍTULO XXIV

Cómo se atrevía. Cómo podía aquella humana haberla desafiado. Cómo se había atrevido a plantarse en su puerta escoltando a la esperanza.

No sabía lo que acababa de hacer. Oh, no, no tenía ni idea. E iba a acabar tal como había acabado su padre, como debía acabar todo, como solo podía finalizar. Con polvo y un abismo.

Oh, sí, aquella chica del león negro tenía las agallas del Ladrón, pero ella era Melancolía.

¡Dejad paso a la chica del león negro!

¡Dejad que venga!

Se iba a acercar tanto a ella que, antes de que se diera cuenta, estaría prisionera entre sus garras. Nadie escapaba del Delirio. Nadie escapaba de la desesperanza. Nadie escapaba de Melancolía. La chica del león negro acabaría con su voz sin sonido, cortada por los cristales, sola dentro de sus gritos, con su alma vestida de sangre. Sintiendo.

¡Dejadle paso!
¡Dejad que venga!

Bajo la bóveda el espacio era inmenso. Los pisos que se sucedían eran más de los que cualquiera podría contar. Los unían una escalera que, a modo de puente colgante, cruzaba el espacio circular de un extremo a otro, estrechísima, sin barandilla. Cada piso estaba repleto de un sinfín de habitaciones y pasillos que siempre acababan llegando al centro del palacio, donde se encontraba la Delirante. Melancolía no podía habitar en ningún lugar que no fuera el corazón, ni siquiera en su palacio. Aquel territorio gigantesco. Todo un mundo en miniatura congelado.

Y es que decían que al palacio de Melancolía ni siquiera el tiempo se atrevía a acercarse.

Le dio la sensación de que las paredes susurraban, la cúpula dejaba de contemplar el cielo, las lámparas se giraban. Y ¿las puertas?

Las puertas aguardaban.

Hasta que una fatigada muchacha posó sus manos en ellas.

Y, sin dudar ni un instante más, sin pararse a pensar, entró. Se arrojó al corazón de la Melancolía.

No era como el resto de los Delirantes.

Era humana, terroríficamente humana.

Cabello muy largo y negro, piel pálida, vestido de tirantes rojo. Tenía uno de sus ojos cruzado por una cicatriz.

Y sus brazos… sus brazos los cubría un sinfín de pequeñas heridas, algunas de las cuales no dejaban de sangrar. Pero sus rasgos eran tremendamente humanos. Y era la mujer más hermosa que Serena hubiera visto jamás, una hermosura distinta, incluso a la de Alen. Mientras que la belleza de los ángeles marcaba distancias con la del resto de los humanos, la de Melancolía era una belleza de la que querías quedarte prendado. Que, de una manera o de otra, querías hacer tuya. Que nunca querrías abandonar. Tan peligrosa. Tan certera.

Alen también se encontraba en la habitación. Serena se dio cuenta de que, por una vez, el ángel no parecía intentar esconder su naturaleza, sino alimentarla. Las alas las desplegaba a su espalda, la cabeza erguida, las ropas, por una vez, eran blancas.

El tercero de los que la estaban esperando era otro varón. Serena no lo había visto jamás, pero, por su aspecto, supuso quién era. Un hombre con aspecto de mayor, casi anciano, con las cuencas de los ojos vacías, su expresión congelada en una eterna carcajada que no acababa de salir, de oírse. Vestía de amarillo y naranja sin ningún orden, y de las diversas trenzas en las que estaba recogido su largo y gris cabello colgaban cascabeles que resonaban con cada uno de sus mínimos movimientos. Sonaban como un coro de carcajadas. Era una buena introducción para aquel a quien acompañaban.

Euforia.

Allí estaban los tres, Melancolía sentada, los otros dos de pie, el aire a su alrededor inquieto, porque ni siquiera él podía sentirse cómodo rodeado de esos tres seres. ¿Quién habría podido? Desde luego, no la muchacha, que no bajaba la guardia. Y ellos la miraban fijamente mientras Serena, con una mano siempre apoyada en su león y acompañada de la pompa, entró en la sala.

Pascal también estaba allí, de pie, en el centro. Respiraba con pesadez. La miraba con ojos muy abiertos.

Parecía que habían pasado por encima de él mil batallas. Y las que quedaban. En el caso de Pascal, una por cada instante que estuviera consciente y pisando Némesis.

Se le encogió el corazón. Tuvo que resistirse para no correr a sus brazos, consolarlo con todo su amor y dejar que su presencia la consolara a ella, le cerrara esas heridas que el camino a través del palacio de Melancolía le había abierto. No era aquel el momento, aunque su instinto le gritara por dentro que fuera junto al chico. No, no con los que seguramente fueran tres de los habitantes más poderosos de Némesis frente a ellos.

Pero en aquel lugar había muchas más cosas que ellos cinco. Para Serena, allí delante tenía a la razón por la que luchaba. Y tenía a su fiel león, y al misterioso protector de la pompa. Y el recuerdo de su padre.

Hugo.

Al pensar en eso se dio cuenta de que tenía enfrente a la asesina de su padre y a la que más sufrimiento le había causado a Pascal.

Parecía como si el propio Hugo, en su diario, hubiera sabido desde el principio a manos de quién iba a morir:

Mis pacientes siempre me hablaban de ella.

De la lucha, día a día, pensamiento a pensamiento, para que no los controlase.

La dilatación del tiempo.

El sentimiento de que todo era triste.

Y entonces yo tenía miedo. Porque parecía muy difícil hacerles recuperar las energías para combatir algo, cuyo primer síntoma es, precisamente, quitarte las ganas de luchar.

Una vez una mujer me dijo algo que me dejó marcado: que contra ella la única manera de luchar era a ciegas.

Oh, sí, mis pacientes me hablaron de ella, pero no estaba preparado para tener su reencarnación delante. Me pregunto por qué abandonamos la palabra melancolía y pasamos a llamarla depresión. Quizá temíamos invocar al diablo si pronunciábamos su auténtico nombre.

No hay peor espejo que el estar en su presencia y sentir su aliento sobre ti, robándote la esperanza. Dejándote sin un mañana.

Melancolía la observaba con su único ojo.

Y Serena, tragándose el miedo, se mostró desafiante y se puso delante de Pascal con los brazos extendidos, en ademán protector. Su león estaba en tensión. El chico no dejaba de mirarla. Ella no lo sabía, pero su presencia estaba alejando un poco la locura anterior. Se sobreponía a la lucha dentro de sí. Por eso no quería apartar los ojos de Serena. Su fuerza.

Así que se encontraban los dos juntos en el centro de la sala.

Y Melancolía habló.

Tenía voz de niña.

—Serena... —La chica se estremeció—. Nadie llega a mí con esperanza. ¿Cómo te has atrevido?

Fue Alen el que respondió en su lugar.

—Lo hace por él —dijo, señalando a Pascal.

Serena lo miró con desprecio.

—Lo sabías, ¿verdad? Cuando me contaste todo aquello sabías que yo se lo acabaría diciendo a Pascal y que él vendría hasta aquí. Que volvería a su casa. Era solo cuestión de tiempo.

—Por supuesto.

—Y entonces estaría a vuestra merced. Solo tendrías que buscar a un chico joven enloquecido como el que más.

—Tal como lo cuentas, Serena. Pero lo has adivinado tarde. Y traerlo hasta aquí ha sido demasiado fácil.

Ella habría estallado de no haber sido por la situación. Pero no pudo evitar sisear:

—¿Un ángel trabajando para Melancolía? No me extraña que te condenaran.

—Yo no trabajo para nadie —contestó Alen, molesto por unos instantes—. Yo no obedezco a nadie. Tan solo quería ver una cosa. Y dentro de poco seré capaz.

Serena sintió cómo, tras ella, Pascal contenía un escalofrío.

—Pongamos las cartas sobre la mesa —dijo—. ¿Qué queréis?

Melancolía ni siquiera parpadeó.

—Lo mismo que tú, chica del león negro. Quiero a tu chico de las mil luces para quitarle a la vez sus luces y sus sombras. Quiero el tesoro que un día robó el Ladrón y que le costó la vida. Quiero que este mundo vuelva a estar completo. Quiero que sobre él se escriban canciones y que hasta los ángeles lo envidien. Quiero que aterrorice al universo como solo puede hacerlo el que ha de ser un príncipe del Delirio. ¿Que qué quiero, muchacha? Que dejes de ponerte entre Pascal y yo de una vez por todas. ¿Tienes idea de lo que hizo tu padre? Secuestró a mi hijo. ¡Mi hijo! ¡El hijo de los Delirantes! ¡El niño de Némesis!

—Y lo pagó bien caro.

—¡No lo suficiente!

Aquel grito hizo que hasta las paredes del palacio temblaran.

Melancolía se levantó y se acercó un par de pasos a los dos chicos. Serena miró a Pascal. El muchacho había cerrado los ojos con fuerza. La chica también lo notaba; la influencia de Melancolía, su cercanía.

Empezaban a aparecer las imágenes. Los perros negros. Los relojes detenidos para siempre. El futuro ardiendo. Los ojos llenos de unas lágrimas que se tragaba un despiadado vacío.

La invadía un sentimiento parecido a lo que había experimentado cruzando su zona, y eso que hasta entonces había estado completamente concentrada en cerrar su mente ante los poderes de la Delirante. Sin embargo, bastó un momento para que se diera cuenta de lo indefensa que se encontraba.

—¿Sabes, Serena? —dijo despacio Melancolía—. Ahora estoy intentando controlar mis poderes, porque no quiero hacerle daño a mi hijo. Pero si parara, ¿tienes idea de lo que te sucedería? ¿De lo débil que es tu preciada mente y lo poco que tardaría en romperse?

La chica señaló a Euforia.

—Y ¿qué hay de él?

—No te preocupes. Cuando un Delirante es invitado a la zona de otro pierde su poder.

—Así es —afirmó Euforia. Serena se estremeció. De aquella mueca que parecía una risa salía una voz aguda, desequilibrada, que incluso le hacía daño en los oídos—. Pero no podía perderme el reencuentro con mi hijo. ¡Mi hijo Pascal! Oh, aquel que en su día suplicó ser robado, ¡ha acabado viniendo a nuestros brazos por su propio pie! Y seré capaz de todo cuando acabemos con él y esa molesta locura que ahora lo ha invadido. ¡Será como este de aquí, pero mucho más perfecto!

Señaló a Alen mientras decía eso. El ángel crispó un poco el gesto, pero no contestó. Euforia agitaba su cabeza de un lado a otro, haciendo reír a sus cascabeles. Serena lo contempló. Era espantoso. Pero, aun así, no dejó de hablar.

—Si tanto os preocupáis por él, ¿por qué le hicisteis eso? ¿Por qué lo enloquecisteis?

Pascal se tapó los oídos cuando Serena preguntó eso.

—Fue un error —dijo siseante Melancolía—. No debería haber ocurrido así.

—Un error…

Todos volvieron rápidamente sus cabezas. El que había hablado, por primera vez, había sido Pascal.

No añadió nada más. Pero comenzaron a caer lágrimas de sus ojos.

Se cubrió el rostro con las manos y, esta vez sí, en él solo había pena.

Serena pensaba a toda velocidad.

No sabía qué hacer. Los Delirantes querían quedarse con su hijo; Alen, por alguna razón que Serena desconocía, también lo quería con ellos. Y no podía pelear. En esa situación estaba claro que la fuerza no servía de nada.

Fue en aquel momento cuando dejó de reflexionar de forma racional. Sencillamente, la invadió la desesperación. Porque no había salida. Porque ya le daba igual el sacrificio que ella tuviera que hacer. Porque había decidido que, si era necesario, le daría a Pascal su futuro.

Así que solo le quedaba una manera de salvarlo. Desesperada. Improbable. La que más odiaba.

—¿Cuál es el precio que debo pagar a cambio de que soltéis a Pascal?

—No hay precio, Serena —contestó Melancolía.

—Y ¿si os dejo entrar en mi mente?

Eso hizo que Alen frunciera levemente el ceño y que Euforia pareciera interesarse por ella.

—¿Cómo? —preguntó con tono alto y burlón—. ¿La chica del león negro, el azote de mis Enlaces, se ofrece a hacer un trato con un Delirante? ¿Nos pondrá su preciada cabeza a tiro? No sé si he oído bien.

—A cambio de que dejéis volver a Pascal a casa…

—¡He dicho que no hay precio!

El grito de Melancolía fue espantoso.

Dañó los oídos de los que se encontraban allí, pero eso no fue lo peor. A los pies de la Delirante el suelo se agrietó.

El león comenzó a rugir. Serena iba a hacerlo callar, pero de pronto lo sintió. La sensación de vacío, de desesperación, todo lo que había sentido por el camino volvía a inundarla, esta vez con una rapidez que la bloqueó por completo. Y volvieron los pensamientos, a toda velocidad, sin control, martilleando su mente. Al final acabaron siendo tan solo imágenes que, como disparos, la herían por dentro.

Pascal rompiéndose en miles de pedazos.

Pascal aullando de dolor.

Sus libros ardiendo.

Ella, acabada.

Ni siquiera pudo reaccionar cuando Melancolía comenzó a extender los dedos hacia ella. Tan solo se quedó mirando, como embelesada, su piel. Las garras de la Delirante avanzaban hacia ella, despacio, sin prisa, porque sabía que la chica ya era suya. Serena se estremeció de pies a cabeza.

—¿Tú quieres a Pascal? —susurró Melancolía cerca de su oído—. ¿Tú quieres algo? Has perdido a tu padre, has perdido a tu amor, no consigues encontrar la manera de cumplir tu sueño. Tus deseos son cenizas que el viento se encargará de hacer desaparecer. Por tus venas ya no corre ni una chispa de luz, niña. Poco a poco te has consumido y las fuerzas te han abandonado. Cada vez que te has sentido triste, sola, vacía… yo estaba allí, Serena. Cada una de las veces. Y han sido muchas más de las que quieres admitir.

Tenía razón.

Todo había sido absurdo.

—Serena…, tú no tienes una vida. Ni un futuro. Ni esperanza. Tú no quieres a Pascal. Tú no quieres nada.

La agarró del brazo. Su tacto era frío, tan frío que quemaba. Sus ojos la atraparon. Y, mientras Serena la contemplaba embelesada, se acercó la parte interna de su muñeca a los labios.

Cuando casi estaban a punto de rozarla, ella, ciega, hundida en el desaliento, oyó el grito de Pascal. La voz del chico pareció cortar el aire.

—¡Déjala!

Melancolía la soltó al instante. Serena sintió cómo le volvía la conciencia, pero, aun así, el miedo no cesó. Y no era para menos. La Delirante acababa de mostrarle que, cuando quisiera, de un plumazo, podía hacer que su mente se rindiera por completo. ¿A quién quería engañar? ¿A quién pretendía proteger ella? Le había fallado a su padre, a Pascal, a su madre.

Cayó de rodillas y su león corrió junto a ella, en ademán protector. Mientras, Pascal se enfrentaba por primera vez a la mirada de su madre. Y Serena observó que, rasgos de los Delirantes aparte, los dos se parecían. Los mismos ojos grandes. Los mismos rasgos delicados. El mismo cabello reflejando la noche. La misma aura de estar muy lejos de cualquiera que los mirara, de cualquiera que los intentara tocar. Los mismos gestos que parecían moldear el aire a su alrededor. Se preguntó, por primera vez, si Pascal era siquiera humano.

Era imposible no sentirse pequeña allí.

Entre dos Delirantes y dos ángeles, distintos entre ellos, pero a fin de cuentas ángeles.

A Pascal le temblaba la voz, pero hablaba. La tristeza y la angustia volvían a invadir su rostro. Pero ella creyó ver también en él una expresión de determinación. Quizá la de quien ya no tiene nada que perder.

—Todos pidiéndome que os dejara que me contarais vuestra historia cuando en realidad solo hay una que os interesaba, ¡la de cómo volví a la jaula! Y esa historia me la escribisteis en la espalda, me atravesasteis la piel con ella para aseguraros de que no fuera libre, de que nunca pudiera escapar, pero a ella, a ella... a mi corazón de león no le haréis lo mismo. No mientras yo esté aquí. —Paró un momento para tomar aire—. ¿Qué necesitáis para dejarla marchar sana y salva? ¿A qué precio estaríais dispuestos a hacer eso? ¿Cuánto cuesta que alguien salga de aquí conservando su alma?

Melancolía, Alen y Euforia lo miraron fijamente. Pero fue este último el que respondió.

—Sabes lo que queremos, Pascal.

El chico lo miró con tristeza.

—Sí —afirmó—, aunque no entiendo por qué.

—¿Enmendar nuestro error? ¿Cumplir el deseo de Alen? ¿Instintos paternales? ¿No convertir a nuestro hijo en nuestra víctima? —respondió Melancolía—. Llámalo como desees, Pascal, pero tú... tú eres nuestro.

«¡No...!»

Serena miró a Pascal con ojos suplicantes. El león negro también se giró. La muchacha apretó los nudillos hasta que se volvieron blancos, mientras Pascal, tras ver que había convencido a los Delirantes, se volvía hacia ella. Se lo dijeron todo, que era mucho, en una mirada. Ella le dijo que no podía aceptarlo. Él le dijo que tenía que hacerlo, que era su deber.

Ella le dijo que no podría vivir sin él.

Él le dijo que sí que podría. Que ella era la valiente. Que ella tenía sueños y esperanzas. Que era ella la que se merecía el futuro.

Ella le dijo que su sueño era él.

Él se lo negó, como solo podría negarlo alguien que conociera verdaderamente a Serena.

Y, con expresión ahora calmada, se volvió hacia sus padres.

—Soy vuestro —dijo con franqueza; su voz todavía reflejaba su lucha interior—. Pero ella tiene que salir sana y salva del palacio. Jamás la tocaréis. Jamás le haréis daño. Ni en Némesis ni en su mundo. Si cumplís con ello, padres, ya no volveré a irme. Mi mente será vuestra.

—Pascal —suplicó Serena—. No lo hagas.

Pero nadie le hizo caso.

—Cumpliremos, hijo —afirmó Melancolía—. Somos Delirantes. Siempre cumplimos nuestros tratos.

Pascal cerró los ojos un momento. Inspiró hondo. Y volvió a abrirlos.

Su determinación era absoluta.

Y, por unos instantes, volvió a ser el Pascal que Serena había conocido y querido durante tanto tiempo.

—Entonces —dijo—, hacedlo.

Antes de que Serena pudiera reaccionar, antes de que el chico pudiera pensárselo dos veces, antes, incluso, de que el león pudiera interponerse, Melancolía y Euforia saltaron sobre Pascal.

Ni siquiera se oyó el ahogado «Te quiero» que intentó decir antes de que los dos Delirantes acabaran con la existencia del chico de las mil luces y las mil sombras.

> A ti, Pascal,
> prometo enseñarte unas palabras
> tan libres como el viento,
> tan grandes como el universo,
> tan cálidas como tus abrazos.
> Prometo escribirte día y noche
> y darte mil vidas. Porque sí. Porque puedo.
> Prometo que si me dejas amarte,
> mi chico de las mil luces,
> yo te haré inmortal.

Serena lo supo. Se había quedado sin su amor y, seguramente, sin palabras.

Nadie habitaría ya en sus versos.

Ya no cumpliría todas sus promesas.

Alen había caído de rodillas al suelo. Por primera vez en su larguísima vida, lloraba.

Y es que delante de él tenía a la perfección que los ángeles habían perseguido a lo largo de la eternidad. Delante de él tenía a lo más hermoso y puro que jamás hubiera visto.

La belleza del mármol, la imperturbabilidad del cristal, la vida de un humano. Melancolía y Euforia se habían retirado por fin de la mente de Pascal y lo mostraban al universo tal cual era. Alguien tan inmaculado como solo podía serlo el cielo. Alguien intocable.

Y Alen lloraba, lloraba como nunca había llorado, al darse cuenta de lo lejos que estaba su raza de conseguir esa perfección.

Pascal recorrió la sala con sus ojos, iguales a los de antes y a la vez tan diferentes. El ángel se estremeció cuando se posaron en él. Pero siguieron rápido su trayectoria.

Serena estaba derrumbada sobre su león. Ni siquiera lloraba. Ya no. Pero Alen vio que su rostro era la viva imagen de la desesperación. De alguien que lo había perdido todo. No reaccionaba a nada, ni siquiera a los intentos de su animal porque se pusiera en pie, ni a aquella extraña pompa de jabón que trataba de reanimarla revoloteando a su alrededor.

Pascal la miró unos largos instantes.

Parecía intentar recordar algo.

Pero, sin conseguirlo, salió de la habitación. No dijo nada. No tenía nada que decir.

Entonces Euforia habló, mirando a la otra Delirante.

—Cumplamos nuestro trato —propuso. Melancolía asintió.

Antes de que los dos se movieran, Alen ya estaba junto a Serena. El cuerpo de la muchacha apenas tenía fuerzas para moverse. El ángel la ayudó a levantarse, y juntos abandonaron aquel lugar, seguidos de cerca por el león negro y la inamovible pompa de jabón.

CAPÍTULO XXV

Serena no sabía cómo había salido del palacio de Melancolía, cómo había llegado a las calles de Némesis. Tan solo fue vagamente consciente de que alguien la ayudaba, tirando de ella, obligándola a caminar, a seguir adelante. Pero ella no quería seguir. No tenía razones para seguir. Todo lo que creía, todo el futuro que imaginaba, sus sueños más profundos y sinceros, sus razones para caminar hacia delante, para creer... se habían ido.

La habían roto por dentro. Le habían robado definitivamente el alma.

Así que, cuando finalmente la dejaron en un callejón, ella volvió a derrumbarse. Y allí, de rodillas, fue cuando por fin pudo llorar. Lloró, lloró y lloró, con todas sus fuerzas, hasta quedarse vacía. No por ello se sintió mejor. Pero no podía parar de llorar, indiferente a todo lo que la rodeaba. No sentía los lametones con los que su león negro limpiaba una y otra vez sus mejillas.

Serena estaba inmersa en su propio dolor. Y era como una ola. Nunca dejaba de inundarla. No disminuía. Era insoportable.

Pensó que todo iba a terminar allí.

Pensó que ya no había más.

No pudo ver cómo, en medio de la noche, la pompa que la había acompañado durante todo el trayecto por el palacio de Melancolía se elevaba muy alto, por encima de las calles y sus casas, y comenzaba a brillar como una estrella. Como un faro. Una señal de auxilio. Un grito silencioso que pedía ayuda en medio de la noche.

Serena siguió llorando hasta que, agotada, cayó inconsciente al suelo.

Pero, atraído por el brillo de una de sus propias pompas, alguien fue a recogerla. Nadie lo vio llegar. Nadie lo escuchó. Levantó con cuidado el cuerpo de la chica y se lo llevó, seguido por el león negro, que ni siquiera gruñó por su presencia.

A un gesto suyo, la pompa se desvaneció.

Vámonos de aquí, intruso.

CAPÍTULO XXVI

Serena despertó desorientada.

Se encontraba en una cama bastante dura en lo que habría parecido una cueva si no fuera por la amplitud del espacio. Al principio no recordaba cómo había llegado hasta allí, así que se dedicó simplemente a mirar a su alrededor. Las paredes de piedra natural recorridas por relucientes vetas eran preciosas. Además, no pudo evitar fijarse en las pompas. Seis pompas de jabón, tan grandes como su cabeza y con algún tipo de luz en su interior, alumbraban la sala. El aire, para su sorpresa, no estaba nada viciado, a diferencia del que se respiraba en el palacio de Melancolía. Aquel lugar no tenía ventanas, pero de alguna manera no se sentía como si estuviera encerrada, no notaba ningún tipo de claustrofobia.

La luz de aquellas pompas se parecía demasiado a la luz del día y creaban una atmósfera de paz.

Pero pensar en las pompas le hizo recordar Némesis. Los Delirantes. Alen. El palacio de Melancolía. Y Pascal.

Cuando llegó a aquel punto, sintió cómo todo volvía a derrumbarse, cómo nuevamente aquella sensación de vacío volvía a aparecer en su corazón.

Pascal.

Había perdido para siempre a Pascal.

Y para ella, eso era como perderlo todo. Sentía la tristeza oprimiéndole el pecho, una tristeza mucho más pura que cualquiera que le hubiera podido causar un Delirante. Pascal. Pascal se había ido para no volver. Su Pascal ya no existía.

¿O quizá nunca había sido real?

La desesperación volvía a amenazar con dominarla de nuevo, con aplastarla y ya no volver a dejar que se levantara, cuando escuchó un sonido. Entonces tuvo, por pura necesidad, que volver a la realidad y preguntarse cómo había llegado hasta allí. El último recuerdo que tenía era el de estar llorando en las calles de Némesis justo antes de perder la conciencia. ¿La habría traído alguien? ¿Dónde se encontraba? Y ¿qué había ocurrido con su león negro?

Volvió a mirar a las pompas que iluminaban la habitación. Y sus sospechas sobre lo que había podido pasar se incrementaron, pero aún no tenía ni idea de dónde se encontraba o de quién había sido durante todo aquel tiempo su extraño protector.

Fue la curiosidad, ese rasgo heredado de su padre, la que le dio las fuerzas para empezar a moverse.

El sonido provenía del otro lado de una cortina que, como observó cuando fue al retirarla, servía de puerta a un largo pasillo. Serena se levantó pesadamente. Sentía que le dolía todo el cuerpo y, durante unos segundos, todo

a su alrededor le dio vueltas, pero pronto se recuperó. En-
filó aquel corredor apoyándose con una mano en una de
sus paredes y avanzando poco a poco. Lo que escuchaba
eran sonidos suaves, pero constantes, una serie de ruidos
sordos y un ligero murmullo. La chica rezó para sus adentros, suplicando que más adelante no hubiera un nuevo
peligro. Estaba cansada ya de pelear. Y no acusaba tanto el
agotamiento físico como el mental. Como su falta de voluntad, de fuerza, de razones.

El pasillo desembocó en una cueva altísima, gigantesca, mucho más grande que en la que ella había despertado.
Cuando llegó a ella, la muchacha se paró, maravillada,
a contemplar aquel espectáculo. Y es que no era para menos.

El enorme espacio de piedra estaba lleno de pompas.

O, mejor dicho, de esculturas de pompas.

Había de todas las clases: animales, objetos, flores, humanos, otro tipo de seres. Adornaban toda la sala, algunas
llenas de luz, otras, con varios colores. Algunas flotaban,
otras estaban sostenidas con una especie de cuerdas hechas
de un material extraño. Pero todas tenían una forma y unos
detalles preciosos. Su superficie reflejaba la luz, haciendo
que fuera de todas las tonalidades y que tiñera las paredes,
de piedra. Serena se quedó boquiabierta. Aquel era el mayor despliegue de belleza que jamás había visto.

Fue avanzando esquivando las figuras, con miedo de to-
carlas y de estropear algo tan hermoso. Parecían no acabar nunca. Dos árboles se entrelazaban como si fueran dos
amantes, un ángel hacía una postura sacada del *ballet* clási-
co, un busto de un niño parecía reír. La muchacha sonrió

delante de la escultura de un gigantesco león, pero no dejó de avanzar, siguiendo los sonidos que continuaban llegando hasta sus oídos. Y al final encontró su procedencia.

En el centro de la sala había un único taburete. En él estaba sentado un hombre de mediana edad. Tenía el cabello gris y vestía ropa anticuada, de colores desvaídos y tejidos bastos. Llevaba las mangas remangadas y un cinturón lleno de extrañas herramientas. En una de sus manos estaba posada una pompa de jabón gigantesca, que él iba dando forma con su otra mano, revestida por un guante de un curioso material plateado. A sus pies dormía plácidamente el león de Serena.

Se giró en cuanto la chica se acercó con precaución a él. Serena miró sus ojos castaños, las arrugas de su rostro, sus manos fuertes, gastadas, callosas. Las manos de un trabajador, sin duda. Y no sintió miedo. De alguna manera, era como estar frente a un viejo amigo. Aquel hombre la observaba sin ningún tipo de rechazo, era más, parecía contento de tenerla allí. Parecía alguien amable.

Y curiosamente normal.

La muchacha esperaba que el creador de aquellas maravillas fuera alguien un poco más... ¿impresionante?, ¿particular?, ¿incluso extraño? Pero el hombre que tenía delante no se correspondía con ninguno de aquellos rasgos.

—Bienvenida, Serena.

Su tono era calmado, agradable. La acogía tanto con su voz como con su rostro, con el brillo de sus ojos y la comedida sonrisa. Ella terminó por relajarse.

—Tus esculturas son preciosas —le dijo—. ¿Cómo las haces?

El hombre sonrió.

—Creas la pompa con tu amor al arte, la inflas con tus ideas, revistes de sensibilidad tu mano y le das forma; los detalles se los dejas a tus conocimientos y a la técnica. Una vez que lo haces lo suficiente es tan fácil como respirar. Una vez que lo haces mucho se convierte en respirar. Pero, aunque solo sea por ver el resultado, ¿no te parece que merece la pena?

Dicho aquello se volvió y siguió trabajando con sus manos. Serena observó asombrada cómo la superficie del jabón iba adquiriendo una forma más y más definida, hasta que al final pudo distinguirla. Era un pájaro. Los detalles de las plumas, los ojos, el pico, fueron apareciendo poco a poco, a medida que el hombre trabajaba con sus dedos, con movimientos sumamente precisos y delicados, pero sin titubear ni un momento.

Ella observó todo aquel proceso embelesada. Al final no pudo evitar volver a hablar.

Necesitaba saberlo.

—Eras tú, ¿verdad? —preguntó—. El que estaba todo el rato allí. El que hacía aparecer las pompas cuando estaba en peligro.

El hombre sonrió levemente y dejó la escultura en la que estaba trabajando a su lado, flotando. Parecía esperar eso.

—Así es. Te he acompañado desde mucho antes de lo que piensas. —Puso una mano sobre el león negro, que estaba tendido a sus pies—. ¿O acaso nunca te preguntaste de dónde salía este pequeño?

Serena se quedó asombrada. Miró a su animal, a quien tanto le debía. Y a quien había aprendido a querer como a su mejor amigo.

—La verdad es que…, no, nunca intenté saberlo. Apareció el primer día que fui a Némesis, y como obedecía a todas mis órdenes…

—Pues fue mi regalo, preciosa Serena. De nada.

—Pero… ¿por qué siempre me has ayudado? ¿Por qué me enviaste al león y a las pompas? ¿Quién eres?

—¿Yo?

El hombre, con aquella enigmática sonrisa, se levantó. Hizo una señal a todo lo que lo rodeaba.

—Solo soy un humilde escultor de pompas que te protege —dijo—. ¿No es eso suficiente para ti?

—No para saber por qué has sido mi escudo todo este tiempo.

—Yo pensaba que tenía más de arma que de escudo —rio él.

—Lo mismo da. Tengo que saber por qué lo hiciste.

—Pero tú no estás hecha para comprender, Serena. Eres artista, eres escritora. Crea sin preguntarte de dónde viene eso. A lo mejor un día hasta sepas qué demonios es lo que estás haciendo.

Serena lo miró sorprendida.

—¿Cómo sabes que soy escritora?

Al escultor le brillaron los ojos al escuchar aquella pregunta.

—Porque yo siempre estaba contigo cuando cogías un bolígrafo. Cuando tenías una idea. Cuando releías tus propias líneas. Cuando soñabas con escribir durante toda tu vida y cuando te planteabas dejarlo para siempre, porque te sentías una fracasada. Pero, sobre todo, estaba contigo cuando sentías eso, ¿sabes de lo que hablo, verdad? Tu sentimiento favorito, el que nunca cambiarás por nada, el que hace que todo merezca la pena: la adrenalina de crear, el sentimiento de estar haciendo arte.

El hombre empezó a pasear entre todas sus esculturas, observándolas detenidamente. A una de ellas, que representaba a un ser parecido a un dragón, la tocó e hizo que cambiara de color. El león negro, que se había despertado, caminaba a su lado, meneando la cola. Serena no pudo dejar de pensar en lo feliz que parecía.

Ella no podía estar contenta, pero el escultor de pompas le hacía sentir... paz. La paz de alguien que está en casa. Todo lo que había ocurrido seguía allí, pero aquello también tenía su parte de alivio. Porque ella, por primera vez en mucho tiempo, ya no estaba obligada a reprimir su tristeza, a ocultar su debilidad. Y por una vez era a ella a la que protegían, no al revés.

Se sentía como en un refugio donde curarse poco a poco.

Mientras pensaba aquello, el escultor volvió a su lado. Nunca perdía aquella amabilidad.

—¿Te sigues preguntando quién soy, Serena? —continuó él con lo que estaba diciendo—. Soy lo que siempre has sabido que existía. Soy la creatividad desmedida. Soy el arte. Soy el talento. Soy el que os protege a todos los que creáis no gracias a los monstruos y los trucos de los Delirantes, si no a los que sencillamente lo hacéis porque me lleváis dentro. Porque el amor por el arte os guía. ¿Me explico? Soy las explosiones de colores, el poner una palabra tras otra, el deseo de hacer cantar a un instrumento. Soy lo que os libera, no lo que os encierra.

Hizo que la muchacha se quedara asombrada. Apenas pudo articular una torpe respuesta.

—Pero… yo llegué a Némesis.

—Y ¿qué quieres decir con eso?

Serena suspiró, poniendo sus pensamientos en orden.

—Siempre pensé que todo aquel que llegaba a ese mundo era porque, al final, necesitaba algo de los Delirantes —confesó.

Aquello era algo importante para ella, y, de alguna manera u otra, siempre la había perseguido. No había podido librarse del miedo de que al final era igual que todos los artistas a los cuales veía en ese mundo suplicando por hacer un trato con los Delirantes, esos artistas a los cuales ella despreciaba tanto y, a la vez, a los que tanto había temido llegar a parecerse. Y también solía pensar que si los Delirantes le habían permitido entrar en su mundo, le seguían permitiendo campar a sus anchas por él, era porque sabían que al final, por mucho que se resistiera, acabaría como todos los demás. Enloquecida, sí, pero, sobre todo, presa.

Y ella escribía para ser libre.

Por eso siempre había tenido tantísimo miedo enterrado en su interior.

Sin embargo, al escuchar aquellas palabras pronunciadas con voz débil, el escultor tan solo se volvió y le sonrió una vez más.

—¿Me acompañas arriba? —le pidió—. El intruso también puede venir.

Serena no entendió lo que quería decir con esto último, pero aceptó con un gesto de su cabeza, ávida por saber qué más le quería mostrar ese hombre. Lo siguió por otro corredor que desembocaba en una tosca escalera, tallada directamente sobre la piedra y que requerían un buen esfuerzo físico para ser ascendida. Pero la muchacha no se quejó. Fue escalando poco a poco, trabajosamente. El primer tramo lo hizo ya al amparo de una luz que la esperaba al final.

Cuando acabaron de subirla y llegaron a la superficie, la chica se quedó sin habla.

Era el campo de su sueño. El eterno amanecer.

Las pompas parecían esperarlos suspendidas en el aire. Cuando salieron, fueron flotando hacia ellos y los rodearon. Tan solo se apartaron un poco cuando su amo hizo un gesto con la mano. Entonces volvieron a repartirse por todo aquel campo.

Serena estaba desbordada ante la luz del sol, el olor a hierba mojada, los colores de las pompas, el sentir la brisa contra sus mejillas… todo.

Pero, sobre todo, por lo aquello representaba.

El escultor la miró una última vez, divertido, y, de repente, echó a correr. Ella lo siguió, y con la chica, el león también. Corrieron y corrieron mientras no podían evitar estallar en carcajadas. De vez en cuando el hombre tocaba algunas de sus pompas y hacía que se tiñeran de diferentes colores, que aumentaran de tamaño o que tomaran otra forma. Al final se detuvo y dio vueltas sobre sí mismo, con los brazos extendidos. Formó un remolino de pompas alrededor de él y de Serena.

—¿Ves? —le dijo a la muchacha—. Némesis es tan solo una pequeña ciudad. El resto de este mundo, del mundo de lo común, es así. El resto de este mundo... es mi territorio. Recuerda quién soy, recuerda que los Delirantes no tienen nada en comparación con lo que tenemos tú y yo. Esto es lo que tienes que llevarte a casa, preciosa Serena. Esto es lo que tú tenías que aprender. Y esto es lo que sanará la herida que ha provocado el perder a Pascal.

Serena se volvió hacia él, con los ojos llenos de unas lágrimas que habían tardado demasiado en liberarse.

—Ya no volveré aquí —dijo sollozando—. ¿Verdad?

Y es que lo había comprendido. Pascal le dolía. Su padre le dolía. Todos y cada uno de los Delirantes le dolían.

Pero ella tenía lo que siempre había querido.

Y su futuro no tenía nada que ver con Némesis.

Mientras su león le lamía cariñosamente la mano, el escultor de pompas, suavemente, la abrazó.

—Nunca lo olvides —le susurró al oído.

No lo haría.

ANEXO: *MIXTAPE*

Soy de las que cree que ninguna historia está completa sin su banda sonora. Esta fue parte de la que me acompañó mientras descubría junto con Serena, Pascal y el escultor de pompas las calles de Némesis. Algunas las escuchaba mientras escribía; otras, simplemente, me recordaban a *La chica del león negro* por su mensaje. Así que merecían tener un hueco entre estas páginas.

1. *Statice* – Pandora Hearts fan composition
2. *King and lionheart* – Of Monsters and Men
3. *Set the fire to the third bar* – Snow Patrol
4. *Not about angels* – Birdy
5. *The heart asks pleasure first* – Michael Nyman
6. *Running up that hill* – Placebo
7. *Scary monsters and nice sprites* (versión piano) – Skrillex
8. *Angels* – The xx
9. *Safe and sound* – Capital Cities

10. *Derezzed* – Daft Punk

11. *You're gonna go far, kid* – The Offspring

12. *Seven nights seven days* – The Fratellis

13. *Divenire* – Ludovico Einaudi

14. *Beating heart* – Ellie Goulding

15. *Do me a favour* – Arctic Monkeys

16. *Afraid* – The Neighbourhood

17. *The cave* – Mumford & Sons

18. *Gold Lion* – Yeah Yeah Yeahs

19. *I hear the bells* – Mike Doughty

20. *She talks to angels* – The Black Crowes

21. *Some nights* – Fun

22. *Expression* – Helen Jane Long

23. *Snow (Hey Oh)* – Red Hot Chili Peppers

24. *Thought of you* – Ryan Woodward

25. *Across the universe* – Rufus Wainwright

26. *Always summer* – Adrian Johnston

27. *Misery* – The Maine

28. *Bleeding out* – Imagine Dragons

29. *Mother's journey* – Yann Tiersen

Agradecimientos

Quizás esta sea la parte más importante de cualquier novela. Porque aunque en la portada aparezca un solo nombre, son muchos los que han hecho que esta novela esté aquí. Y es muy difícil agradecer todo lo que cada uno de ellos ha hecho en unas pocas líneas.

A Clara, la primera lectora, la que ya estaba allí mientras construía el argumento, mi compañera de escritura. Cariño, vas a ser una editora maravillosa, y todos lo sabemos, pero también vas a escribir historias increíbles. *La chica del león negro* tiene mucho de ti, de las tardes de verano, de las veces que me acogías en tu casa, de tu «¡ángel, cabrón!». Sabes que algún día vas a fundar una editorial de éxito, y que yo correré hacia ti con un manuscrito en la mano.

A Gonzalo. Necesitaría mucho más espacio para decir el porqué. Creo que gran parte también está dicho a lo largo de la novela. Hiciste mucho más que escribir «El chico de las mil luces» para mí. Hay quien dice que escribir es un trabajo solitario. No saben hasta qué punto eso es una mentira.

A Víctor Heranz, porque ¿qué tipo de agradecimientos serían sin él? Espero que te haya quedado claro, de una vez por todas, que nosotros podemos y que nuestro futuro va a ser brillante. Gracias por los ánimos, por creer siempre en mí, por leer esta historia y entusiasmarte más que yo misma, por adorar tanto a Pascal.

A mi mejor apoyo, mis padres y mi hermana. Gracias a mi madre por ser, como siempre, la mejor lectora, y estar siempre dispuesta a pasar al ordenador hojas de mis terroríficos cuadernos. Lo mismo con mi hermana, siempre con el teclado y un «¡ponte a escribir!» a punto. Y a mi padre por el apoyo y por confiar en mis decisiones.

A Víctor de Domingo, por ver siempre mejor que nadie a través de las palabras.

A Iria G. Parente, por su ayuda y también por ser el mejor ejemplo que seguir. Porque verla a ella muchas veces te da alas.

A mi *Signal Fire*, porque fue una de sus charlas la que me hizo esforzarme. Porque mis ganas de superarme estaban un poco dormidas hasta que llegó ella. Porque me enseñó que lo que hacíamos, pese a todo, merece la pena. Y porque uno de mis sueños es que una portada me la hagas tú.

A Jordi y a Antonia. Gracias por prestarme vuestra casa unos días, donde comenzó a nacer esta historia. Y también por demostrarme que el arte nos libra de los monstruos en lugar de crearlos.

Y por último, a ti. Porque sin espectador no habría cuadro, sin oyente no habría música y sin lector no habría historia. Gracias por llegar hasta aquí, intruso.

Tu opinión es importante.

Por favor, haznos llegar tus comentarios a través
de nuestra web y nuestras redes sociales:

www.plataformaneo.com
www.facebook.com/plataformaneo
@plataformaneo

Plataforma Editorial planta un árbol
por cada título publicado.